Christa Rücker, geb. Kaufmann

Ein Lausbubenmädchen auf der Schwäbischen Alb

Erlebnisse aus der Nachkriegszeit

Manuela Kinzel Verlag

Impressum:

Manuela Kinzel Verlag
73037 Göppingen * 06844 Dessau
Tel. 07165 / 929 399

info@Manuela-Kinzel-Verlag.de
www.Manuela-Kinzel-Verlag.de

1. Auflage, 2015

ISBN 978-3-95544-051-0

Inhaltsverzeichnis

Vorwort

Nun bin ich 76 Jahre alt geworden und habe Einiges aufgeschrieben, was mir von meiner Kindheit zwischen dem 6. und 14. Lebensjahr in Erinnerung geblieben ist. Dafür gab es einen Auslöser. Viele Dinge, die ich besitze, die meine Kinder auch nicht benötigen, standen im Abstellraum. Was tun damit? Eine gute Idee war, eine Museumsleiterin einzuladen. Ihr geschulter Blick fiel sofort auf ein altes Dreirad. Vermutlich bekam es mein Bruder 1939. Sie entdeckte noch viele Dinge, die nun im Museum einen Platz fanden und nicht im Müll landeten. In einem Album fand ich ein Foto von mir auf dem Dreirad. Begeistert sagte ich, dies wird das Titelbild meiner Kindheitserinnerungen. So fing ich an zu schreiben für mich, unsere drei Kinder und zwei Enkelkinder. Mein Wunsch war, dass die nachfolgenden Generationen mein Handeln, Denken, Verhalten besser verstehen können, wenn sie erfahren, wie es durch die Kriegs- und Nachkriegszeit geprägt wurde. Ich verbrachte diese Jahre in einem kleinen Dorf auf der Schwäbischen Alb. Diese detaillierten Erinnerungen können auch für andere Menschen von historischem Interesse sein. Als ich anfing, Zeichnungen, Bilder, alte Fotos zusammenzustellen, durchlebte ich noch einmal meine behütete und doch mit so viel Freiheit und Freude abwechslungsreiche Kindheit. Das Dorfleben, den „Laden" und die wunderbare Landschaft.

Der Ort Sontheim im Stubental

Sontheim liegt im bekannten Steinheimer Becken. Vor 14,7 Millionen Jahren traf hier ein Meteorit die Erde. Es entstand das weltberühmte Steinheimer Becken. Es ist von runder Form, Durchmesser 2,5 – 4 km, etwa 80 m eingetieft. In der Mitte eine Erhebung, der Steinhirt-Klosterberg. Auf der Höhe ist eine Hülbe. Der Sprudelkalkfelsen ist ein hochaufragender Fels. Von dem einstmals entstandenen Kratersee gibt es unzählige Versteinerungen.

Im 6. bis 8. Jahrhundert ist Sontheim/Stubental vermutlich gegründet worden. Seit 1101 ist nachzuweisen, dass auf einem Felshügel/Burgstall südöstlich von Sontheim/St., eine Burg stand, als Michelsstein bekannt. 1471 kam der Besitz an das Kloster Königsbronn. Die Burg verfiel. Im 30jährigen Krieg brannte das Dorf bis auf einen Stadel nieder. 20 Jahre lag der Ort in Schutt und Asche. Erst 1665 ist wieder von zwei Bauern zu reden. 1692 waren es 87 Bewohner. 1719 waren es 23 Haushaltungen. Der erste Lehrer wird benannt, 13 Knaben und 12 Mädchen werden unterrichtet. 1730 gibt es schon 139 Einwohner.

Schon früh gibt es eine Kirche, die dem heiligen Stefan geweiht war. Die Kirche ist unter den Auswirkungen der Reformationszeit wohl verschwunden. 1827 waren es schon 225 Einwohner (keine Katholiken).

Am 21. Juli 1839 schlug der Blitz in ein Haus ein. 14 Gebäude wurden ein Raub der Flammen. 1834 wurde ein Schulhaus gebaut. 1844 waren es 233 Einwohner und 40 Häuser.

1921 wurde ein Gesangverein – Eintracht Sontheim – gegründet. 1932 hatte Sontheim schon 351 Einwohner.
Küpfendorf war ein kleiner Weiler mit 30 Häusern. Er wurde bereits 1143 urkundlich erwähnt. Sie nannten eine Kirche ihr Eigen. Küpfendorf besaß bis 1630 Marktrecht.
(Nach einem Bericht von Lehrer Rudolf Weit)

In Küpfendorf gab es 1945 noch 14 Wohngebäude mit 22 Erwachsenen und 13 Schulkindern.
Küpfendorf war für uns ein beliebtes Wanderziel. Im Sommer hatte eine Gartenwirtschaft geöffnet und wir Kinder waren glücklich, wenn wir süßen Sprudel kaufen konnten. Viele meiner Mitschüler wohnten in Küpfendorf.
Die Schulkinder hatten täglich einen weiten, 3 km langen anstrengenden Schulweg bei Wind und Wetter. Sie hatten keine sehr gute Winterausrüstung. Wenn die Kinder auf dem Nachhauseweg waren, kauften sie ab und zu eine Essiggurke für ihr restliches Vesperbrot bei uns im Laden.

In der Gemarkung Sontheim/St. entstand der Burgstall, Burschel genannt. Es ist der Hausberg der Kinder. Im Sommer verging keine Woche, wo ich nicht mit meiner Freundin Karin aus Jena dort oben war. Es war einfach herrlich, auf das Dorf zu sehen und auf den Felsen herum zu klettern. Im Winter bin ich mit vielen anderen Kindern dort Schlitten oder Ski gefahren. Das war ganz schön steil. Zu weit durfte niemand an den Rand des Berges kommen. Zur Westseite hin ging es weit hinunter. Unten war ein Steinbruch. Da ich nicht schwindelfrei bin, wagte ich mich nie so weit vor. Ich hatte Angst.

Blick vom Burschel auf das Anwesen der Familie Bosch (Sontheimer Wirtshäusle)

Familiengeschichten

Unser Haus wurde 1904 erbaut. Der Besitzer wollte später einmal darin wohnen. Aus welchen Gründen auch immer hat er doch verkauft. Mein Großvater Wilhelm Kaufmann erwarb es, dazu 2 Äcker am Haus. 1905 ist er mit Großmutter dort eingezogen. Im September 1910 starb Großvater an einer Lungenentzündung. Er hatte bei der Öhmd Ernte (späteres Heu) geholfen, geschwitzt, sich erkältet und war erkrankt. Er war erst 41 Jahre alt.

Damals gab es noch keine rettende Medizin. Großmutter stand alleine im Leben mit drei kleinen Kindern. Um den Lebensunterhalt zu sichern, hatte sie einen Dorfladen – Spezerei und Ellenwaren (Kolonialwaren und Stoffe). Sie betreute auch Kleinkinder, während die Mütter auf dem Feld waren. Dafür erhielt sie Naturalien, z.B. Mehl, Hühnerfutter, Schmalz, Eier, Milch. Da mein Großvater selbständiger Schuhmacher gewesen war, bekam Oma keine Rente und war auch nicht krankenversichert. Auf dem Haus lagen ja noch Schulden, die abzutragen waren. Reiche Bauern hatten ihr Geld geliehen und diese Schulden mussten mit Zins abbezahlt werden.

Mein Vater ist 1908 als Jüngster geboren. 1935 heirateten meine Eltern. Mutter ist aus Weilheim/Teck in diesen kleinen Ort, Sontheim, gezogen. Mein Vater kaufte Großmutter das Haus ab. Er verschuldete sich, aber Großmutter war nun schuldenfrei. Sie hatte aber auch kein Einkommen mehr, da sie den Laden an meine Mutter weiter gegeben hatte. So wurde vereinbart, dass Großmutter ihr Leben lang Wohnrecht in diesem Haus hat, dass sie zwei Zimmer erhält und mit 1,50 RM täglich mit Essen und Kleidung versorgt werden soll. 1945 hat Mama die letzte Schuld an Oma bezahlt.

Mein Vater hatte in Heidenheim ein eigenes Fachgeschäft. Er war Orthopädieschuhmachermeister und versorgte viele Menschen mit Spezialschuhen.

Zuversichtlich und hoffnungsfroh begann diese Familiengeschichte. Sogar ein Auto (VW) wurde schon bestellt. 1936 kam mein Bruder Werner, 1939 kam ich, Christa, auf die Welt. Eine schöne Zeit begann, jäh ging sie zu Ende. Am 1. September begann der 2. Weltkrieg.

1940 musste Papa das erste Mal zur Reichswehr. Zuerst war er in der Tschechei; von dort aus schickte er mir eine schöne Puppe.

Im Sommer 1941 kam er noch einmal zurück. Papa, Mama, Werner und ich fuhren im August nach Tübingen, um dort noch einen Tag miteinander zu verbringen. Wir waren alle traurig.

Abschied von Papa am 23.8.1941

Ich war 2 ½ Jahre alt. Meine Mutter erzählte mir, dass ich abends im Hotel herumgesprungen bin, im Nachthemd. Wahrscheinlich war die Tür nicht abgeschlossen. Zu Hause hätte ich immer gesagt: „Wann kommt Papa wieder?“ Papa schrieb viele, viele Briefe und hoffte sehr, dass er bald wieder bei seiner Familie sein könnte. Doch Papa kam nie mehr. Im März 1942 erfuhr Mama, dass Papa am 2. Februar 1942 in Russland, am Ilmensee, Nähe Leningrad (St. Petersburg), gefallen war. Nun hatte Großmutter ihren 33jährigen Sohn verloren, Mama (34 J.) ihren geliebten Mann, Werner und ich ihren Papa. Meine Mutter wollte es nicht wahr haben und hoffte, Papa wäre nur vermisst. Im Radio kamen über das Rote Kreuz häufig Namen durchgesagt. Papas Name war nie dabei. Am 26. April 1942 wurde in der Kirche in Steinheim a. Albuch ein Trauergottesdienst für meinen Papa gehalten. (Am 27. April wäre sein 34. Geburtstag gewesen).
Nach dem Krieg kam es wohl vor, dass Männer aus dem Krieg kamen und sich als Väter ausgaben. Mama sagte uns: „Also Papa hat am rechten Daumen eine Narbe und dann sollte der Mann alle Geburtstage der Familie kennen.“ Das weiß ich noch. Alles

Vorhergehende wurde an Hand von Fotos nachvollziehbar. Geredet über den Krieg oder über Papa hat Mama nicht.

Inzwischen wurde ich 5 Jahre alt. Ich war wohl ein sehr lebhaftes Kind. Es wurde gesagt, ich wäre wie 3 Buben. Das „Mädchensein" wurde mir trotz Zöpfen und Kleidchen nicht recht zugestanden. Wildfang, Hurassel, Quecksilber, Bubenfizeler und vieles mehr wurde ich genannt. Der bekannteste Name für mich war „Des isch Kaufmanns Grischda" (Das ist Kaufmanns Christa) vom Laden. Das war aber kein Schimpfname.

Papa hatte sein Geschäft in Heidenheim/Brenz

Meine Mutter führte das Gemischtwarengeschäft weiter. Der „Laden" nahm einen großen Teil unseres Familienlebens ein.

Unser Haus

Unser Haus war mit Schieferplatten gedeckt. Der Baugrund mit Garten war 500 qm groß. Vor dem Haus war ein großer Lindenbaum. Es war ein einzigartiger süßer Duft, wenn er blühte. Die Lindenblüten wurden abgezupft, getrocknet und als Tee verwendet. Vorher musste jedoch jemand auf die Leiter steigen, um einige Ästchen abzusägen. Unter der Linde stand eine einfache Bank. Ein beliebter Schattenplatz im Sommer.

Wohnhaus von Familie Kaufmann
Mitte: Nachbarinnen Frau Semle und Frau Zabern
Rechts: Großmutter mit meinem Vater

Vor unserem Haus war ein hoher Gartenzaun. Es waren Eisenstäbe, die oben sehr spitz waren. Darüber klettern war sehr gefährlich.

Durch ein Gartentürchen betrat man den Vorgarten. Rechts und links waren Blumenbeete. Fast das ganze Jahr erfreute uns eine Blumenpracht. Im Sommer standen auch zwei Gartenzwerge da-

zwischen. Etwas ganz Besonderes waren die Rosenhochstämmchen. Über drei breite Steintreppen, die rechts und links von großen Steinblöcken eingefasst waren, gelangte man durch die Haustür in den Flur. Die Haustüre wurde mit einem sehr großen Schlüssel verschlossen. Ein Riegel konnte auch noch vorgeschoben werden.
Beim Eintreten in das Haus kam man direkt in den Flur.

Hausflur

Der Hausflur war lang und verschieden breit. Gleich rechts in der Ecke standen große Kartons mit Strickwolle. Daneben ging die Türe ins Schlafzimmer und die Treppe hoch in den Oberstock. Links war die Türe zum Wohnzimmer. Vor der Türe links war unsere Garderobe mit Spiegel und Schirmständer.

Daneben Kleiderhaken, die stets überladen waren. Gegenüber war die Türe zum Keller. Oft standen auch unsere Fahrräder noch in dem schmalen Gang (wenn sie im Freien standen, wurden häufig welche gestohlen).
Im Flur war es im Winter sehr kalt. Gerade aus ging eine Türe mit Glas oben in die Küche.

Keller

Nicht das ganze Haus war unterkellert. Zum Keller ging es vom Hausflur aus. Am Ende der steilen Kellertreppe stand ein Petroleumfass. Wenn jemand Petroleum kaufte, musste ich erst pumpen. Dann stieg das Petroleum im Glasbehälter hoch und eine Strichanzeige zeigte ½, 1 oder 1 ½ Liter an. Wenn es z.B. mal ¾ Liter sein sollten, musste ich mit dem Einfüllen sehr aufpassen.

Ging etwas daneben, stank es und Mutter hat es gleich gerochen. Dann kam die große, abschließbare Kellertüre. Im Keller befanden sich zwei große Essigfässer. Sie lagen auf Balken, ein Fass war angestochen, das andere war Reserve, denn der Essig durfte nicht ausgehen.
Meine Mutter und Großmutter erledigten in Haus und Garten Frauen- und Männerarbeit. Doch ein Essigfass „anstechen“, das übernahm mein Onkel Wilhelm, der nebenan wohnte.

In der Ecke hinten im Keller lagerten auf dem Boden die Kartoffeln. Oft hatte es Kellerasseln in den Kartoffeln. Die konnte ich überhaupt nicht leiden. Karotten waren im Sand eingelagert. Daneben waren die Eierkohlen und Briketts. Dann kam die Sauerkrautstande, die ja nur vom Herbst bis zum Frühjahr gefüllt war. Rechts standen die Saftflaschen: Himbeersaft, Rhabarbersaft, Johannisbeersaft. Dann kamen Bohnen in Flaschen. Allerlei Sorten Wein für den Laden. Von jeder Sorte nie mehr als 5 Flaschen. Dann waren da noch Tomatenmarkdösle, Hering in Tomatensoße, Bismarckheringe im Glas und Ölsardinen.

Ein Extraplätzle hatte der Romadurkäse (Backsteinkäse). Jede Stange ca. 500 g, war in Zeitungspapier fest eingewickelt, aus hygienischen Gründen. Ab und zu hat es doch eine Fliege geschafft, durch das Papier zu schlüpfen und ihre Eier abzulegen. Deshalb wurde jeder Käse, ehe er verkauft wurde, genau untersucht. Hat sich doch ein Würmchen gezeigt, wurde es mit dem Messer weg geschabt. Die Kunden bevorzugten zwar „reifen“ Käse – aber bitte vegetarisch!

Im Keller war auch kein elektrisches Licht. Leider wurde ich ab und zu eingesperrt – absichtlich. Es waren zwar zwei Fenster im Keller, doch eines über den Essigfässern war zu schmal für meine Figur, das andere zu hoch. Unsportlich war ich ja auch noch dazu. So musste ich manchmal lange auf „Erlösung“ warten. Warum ich eingesperrt wurde, weiß ich heute nicht mehr. Schön war es allemal nicht!

Küche

Vom Hausflur aus gelangte man direkt in die Küche. Die Türe hatte oben einen Glasteil. Der Fußboden war aus großen Natur-Kalksteinplatten. Die Oberfläche war nicht so gleichmäßig gerade wie ein gefliester Boden. Inmitten des Raumes stand ein Tisch mit 4 Stühlen. Zwei Fenster erhellten die Küche. Gegenüber der Türe war der Spülstein aus Terrazzo. Unter dem Spülstein war Platz für Holz. Es war unser Auftrag, dafür zu sorgen, dass der Holzbiegel nie leer wurde. Mein Bruder und ich wechselten uns im Holz holen ab.
Links vom Spülstein war der Herd, ein Kohleherd, daneben ein Elektroherd mit Backröhre. In einem hellen Küchenschrank wurde alles aufbewahrt, was zum Kochen benötigt wurde. Von der Küche aus führte eine Türe in den Laden, eine zum Vorraum (WC und Garten). In der Ecke, am Fenster (Nordseite), stand ein runder Tisch aus Korbgeflecht mit einem bequemen Korbsessel. Ich glaube, dass es im ganzen Dorf nirgends in der Küche so eine nette Sitzecke gegeben hat. Daneben war noch eine Türe, die zu einem kleinen Raum führte. Dies war einmal das Arbeitszimmer meines Großvaters Wilhelm Kaufmann gewesen. In seiner Werkstatt als Schuster hat er Lederstiefel gefertigt. Der „Schusterplatz“ war erhöht, wie ein Podest, damit er mehr Licht am Fenster hatte (Nordseite). Nun war er Lagerraum geworden für Zuckersäcke, Viehsalz und – in der Ecke – Waschmittel. Alles war für den Laden bestimmt.

Eine Dezimalwaage stand in der Küche. Meine Mutter wog sich ab und zu. Ihr Gewicht war immer gleich. 67 kg bei 170 cm Größe. Mutter war schlank.

In einem Schuhregal mit Vorhang wurden alle Schuhe und Sonstiges untergebracht. In den Wintermonaten wurde ein Sisalteppich auf den kalten Steinboden gelegt. Wenn Schnee lag, wurde der Teppich im Schnee ausgeklopft, meist von mir. Danach war auf dem Schnee ein großer viereckiger schwarzer Fleck. Das bedeutete: Platz wechseln und nochmals klopfen. Aber das machte auch Spaß.

Allzweckraum

Zwischen Küche und Ausgang in den Hof waren zwei Stufen. Links befand sich das WC. Rechts die Türe in den Hof. In dem restlichen Gang stand Großmutters ehemaliger Herd. Meine Mutter brachte bei der Heirat einen elektrischen Herd mit, das war etwas ganz Neues auf dem Dorf. So kam der alte Herd eben in diesen Zwischengang. Jetzt stand Hühnerfutter darauf. Öfter stand dort auch ein kleines Fass mit Salzheringen für den Laden. Daneben standen leere Zigarrenschachteln, in welchen das Schuhputzzeug war. Auf Schuhpflege wurde großen Wert gelegt. Ich habe nicht gerne Schuhe gepflegt. Großmutter hat es oft heimlich für mich getan.

Großvater war als Schuhmacher sehr guter Stiefel bekannt.
Papa war Orthopädie Schuhmachermeister.

Es war ca. 20 qm groß, hatte 4 Fenster und 2 Türen. Vom Hauseingang aus links betrat man das Zimmer. Links war Mutters geliebtes Schiedmaier Klavier, welches sie mit 6 Jahren von ihrem Vater geschenkt bekam. Viele Klaviernoten lagen oben auf dem Klavier. Außerdem stand ein Radio dort.

Zwischen den zwei Fenstern gegen Süden stand Mutters „versenkbare Nähmaschine". Darauf stand ein Foto von meinem 1942 gefallenen Papa als Soldat. Darüber hing ein großes, koloriertes Bild von meinem Bruder Werner und mir.

Mutter schenkte es Papa 1940 zu Weihnachten als Überraschung. Das Foto entstand bei Photograph Leyerle in Weilheim/Teck, dem Geburtsort meiner Mutter.

In der Ecke stand ein sehr schöner hellgrüner Blumenständer. Eine besondere Pflanze war eine Palme. Die Grünpflanzen änderten sich der Jahreszeit entsprechend. An Weihnachten fand sich dort der Platz für den Weihnachtsbaum.

Auf dem unteren Brett des Blumenständers lagen in einer Schale Mutters Strickzeug und meine Handarbeiten. Meist hatte ich zwei oder drei Dinge gleichzeitig begonnen. Sie wurden aber, jedes zu seiner Zeit, immer fertig gestellt.

An der Westseite (Straßenseite) waren zwei weitere Fenster. Auf den Fenstersimsen standen meist Geranien. Ab Herbst wurden kleine Ableger in Tontöpfe gepflanzt, damit im Sommer die Blütenfreude der Geranien garantiert war. Zwischen diesen Fenstern stand ein ziemlich großes Eichenbuffet.

Oben war ein Aufsatz mit Glas. Bücher und Gläser fanden darin Platz. Unten war das schöne blau geblümte Kaffeegeschirr von Mutter, Porzellanschalen und die Sonntagstischdecken. Links hinter der Türe verbargen sich Schubladen. Dort hatte Mutter ihr Büro.

Für den Laden hatte sie Buchführung zu erledigen. Auf dem Buffet war ein Holzkästchen, darin waren Bleistifte und andere Schreibutensilien. Daneben stand ein kleines Schränkchen mit einem Vorhang davor. Darunter verbarg sich allerlei.

Im Winter war es nötig, dass das Feuer nicht ausging. Briketts hielten die Glut an. Sie lagerten im Brikettkasten für einen Tag. Die Heizerei war mit anstrengender Arbeit verbunden. Die Kohlen und Briketts mussten im Kohlenfüller aus dem Keller geholt werden, das Holz aus der Holzhütte im Hof.

Neben dem Ofen war eine ausklappbare Trockenstange an der Wand. Sie wurde wohl häufig in der Babyzeit von uns genutzt, um im Winter rasch die Babysachen zu trocknen.
Ein wichtiges Möbelstück war unser Sofa. Es wurde von Mutter und Kindern gern genutzt. Doch alle drei hatten keinen Platz darauf. Kurzerhand wurde noch ein Stuhl dazu gestellt, um die Beine aufzulegen. Dies kam höchstens Samstagsabends vor, wenn im Radio ein spannendes Hörspiel gesendet wurde.
Mutter war ja viel auf den Beinen. Sie hatte einen „offenen" Fuß, nachdem sie sich am Fahrradpedal eine Krampfader aufgerissen hatte. Wenn es schlimm war, hat sie einen Zinkleimverband machen müssen. So oft es ihr möglich war, legte sie kurz die Beine hoch auf das Sofa. Sie sagte oft, wenn die Welt untergeht, liege ich auf meinem Sofa.
Neben dem Sofa, an der Wand, hing eine große Pendeluhr mit Schlagwerk. Sie hatte einen wunderbaren Klang.

Die längsten zehn Minuten waren für mich oft am Sonntagabend. Mutter hat ihre Buchführung für den Laden erledigt. Da sollte es ruhig sein. „Du bekommst 10 Pfennig, wenn du jetzt zehn Minuten nichts redest", sagte sie zu mir. Doch meist fing ich nach neun Minuten an zu plappern und mein Verdienst war dahin.

Der Fußboden war mit Linoleum belegt. Er wurde nass gewischt, ab und zu eingewachst und dann glänzend geblockt mit dem Blocker. Diese Arbeit verrichtete oft mein Bruder.

Mitten in der Stube stand ein großer ovaler Tisch. Mit zwei Einlegeplatten war der Tisch sehr lang. Mutter hat meinem Bruder und mir erlaubt, im Wohnzimmer Tischtennis zu spielen, das war toll. Quer über den Tisch wurde ein Netz gespannt. Natürlich ging der kleine Ball oft zu Boden. Die Katze freute sich darüber. Um den Tisch standen vier Stühle. An der Decke hing eine schöne gelbe Lampe mit drei Seitenlampen. Ich fand das Wohnzimmer gemütlich, vor allem, wenn es an kalten Tagen mollig warm war.

Schlafzimmer

Im Schlafzimmer waren sehr schöne Gardinen an den zwei Fenstern, ganz leicht und dünn – aus Voile. Außerdem gab es einen Kleiderschrank, eine Kommode mit Spiegel, 2 Betten, 2 Nachtkästchen, noch einen Schrank, 2 Stühle und ein Kinderbett. Über den Ehebetten hing ein großes Bild mit Goldrahmen auf dem war ein großer Engel, der seine Flügel ausbreitete.

Ein kleiner eiser ner Ofen war ebenfalls dort, falls es im Winter mal sehr kalt werden würde. Meine Mutter hat viel Papier und feines Holz verbrannt. Sie sagte:

„Damit es wenigstens warm riecht!" Mich fror es immer. So wurden im Winter die kupfernen Bettflaschen im Wohnzimmer in den Wohnzimmerofen gestellt.

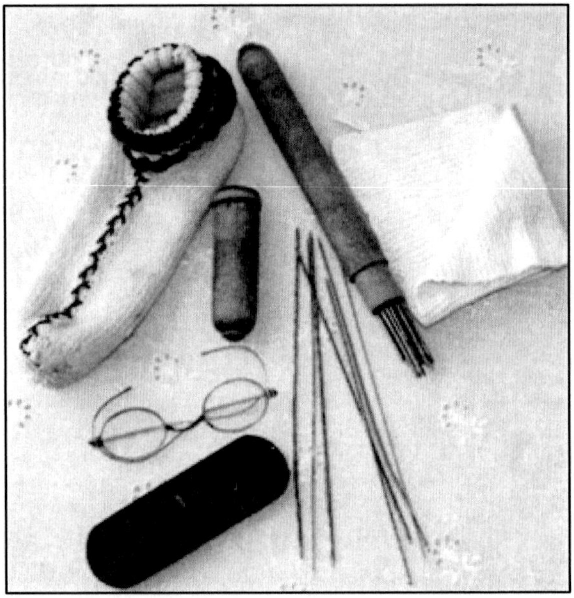

Er hatte zwei Türchen oben, die zu öffnen waren. Wenn die Bettflaschen zu sehr gefüllt waren, kochte das Wasser in der Bettflasche über und dann zischte es im Ofen. Meine Mutter oder Großmutter verschlossen die Bettflaschen, nahmen zum Schutz gegen die Hitze, ein Handtuch oder einen Topflappen und legten die heißen Bettflaschen ins Bett. Es kam manchmal vor, dass ich schon im Bett lag und Großmutter herein kam und fragte: „Hast du schon eine Bettflasche?" Lügen sollte vermieden werden, so sagte ich: „Oh, ja, ich nehme gerne eine!" Auf diese Weise hatte ich oft zwei Bettflaschen. Eine an den Füßen, eine in der Rückengegend. Ich war ja noch klein in dem großen Ehebett. So hatten die Bettflaschen, wenn sie nicht mehr warm waren, am Fußende ihren Abstellplatz. Großmutter hatte mir auch ganz warme Bettschuhe aus Wolle gestrickt – doppelt gestrickt – eine besondere Technik. Sie waren bei mir sehr beliebt.

Neben einem Bett stand ein Stuhl. Sonntags gab es frische Wäsche: ein Unterhemd, eine Unterhose, eine frische Schürze für die ganze Woche. Strümpfe und Socken wurden öfter gewechselt, da ich mich ja sehr oft schmutzig machte. Großmutter sagte dann: „Den Dreck kann man waschen, aber Wolle um die Löcher zu flicken, haben wir keine."

„Gruschtkammer" (Abstellraum)

Diese war im oberen Stock. Treppe hoch, dann rechts. Geradeaus ging es in Großmutters Zimmer.
In dem großen Raum mit einem Fenster stand eine „Mehlsidel". Das ist eine große, hohe Kiste mit einem Klappdeckel und Verschluss. Da wurde früher Mehl aufbewahrt – Mäusesicher!

Jetzt war sie mit Haferkleie für das Hühnerfutter gefüllt. An der Wand hingen noch einige große Mehlsiebe. In einem alten Schrank war Allerlei, z.B. auch unsere „Weihnachtskiste".
In der Ecke standen 3 Paar Skier, (Mutter fuhr ja auch), nebst allerlei Skistöcken. Ebenso eine Luftschutzspritze, eine Gasmaske, ein Verbandskasten und ein Zinkeimer mit Wasser gefüllt, das war Pflicht!

Dann stand da auch noch ein altes Leichtmotorrad von meinem Papa. Am Lenker war eine „Gummihupe". Sie sah auch wie ein kleiner, länglicher aufgeblasener Luftballon.

Öfters hieß es: „Christa, hol eine Schüssel ‚Hennekleie'!" Wenn ich dann die „Gruschtkammer" betrat, konnte ich es nicht lassen, einige Male zu hupen!

Bühne

Die Bühne war sehr groß. Im Osten und Westen war je ein kleines Fenster. Die Hälfte der Bühne war mit Seilen versehen, an denen im Herbst und Winter die Wäsche aufgehängt wurde. Auf der anderen Seite war gespaltenes Holz gelagert, welches im Holzschuppen keinen Platz mehr hatte.

Im Sommer war es eine anstrengende Arbeit, das Holz in Körben über 35 Treppen hoch zu tragen. Meist war es sehr heiß. Kinder der Familie Kaiser halfen uns mit. Sie waren froh über Himbeersaft, Marmeladenbrot und Bonbons als Lohn dafür.

Auf der Bühne war kein elektrisches Licht.
Mit einer Laterne musste ich manchmal etwas holen, z.B. Wäsche oder Holz. Ich hatte Angst und bin so rasch wie möglich die Treppen herunter gesprungen. Zum Glück war ein Holzgeländer angebracht.

Unser Garten

Links vor dem Gartentürle zum Garten stand eine kleine, einfache Bank. Dort setzte sich Großmutter nieder zum Ausruhen von der Gartenarbeit. Von diesem Platz aus konnte sie auch die Hühner füttern und beobachten. Auch Gemüse vorputzen oder eimerweise Rhabarber schälen für Saft.

Wir hatten einen ziemlich großen Garten. Vom Hof aus, wo die Hühner und Hasen waren, führte ein Holzlattentürchen in den Garten. Ein hoher Holzlattenzaun umgab ihn. Die Hühner wären sonst mit großer Freude dort spazieren gegangen. Es gab nämlich auch noch rechts vom Eingang ein Wiesenstück.
Im Garten wuchs alles, was unser Vierpersonenhaushalt benötigte. Vom Frühjahr bis zum Herbst war Ernte- und Arbeitszeit. Das erste war Ackersalat, der unter der Schneedecke nicht erfroren war. Dann hieß es: erst die Arbeit, dann das Ess-Vergnügen. Wenn nichts rein kommt, kommt nichts raus. Radieschen stupfen, Stupfzwiebeln in die Erde. Die Kopfsalatpflanzen und die Tomaten wurden im Haus auf den Fenstersimsen in Töpfchen vorgezogen. Auf der Alb ist es im Frühling noch kalt.
Dann kamen die ersten Spitzen der Rhabarberstauden, der Schnittlauch wuchs und die winterfeste Petersilie. Mama holte zu jeder Mahlzeit Schnittlauch. Im Vorgarten standen viele Stöcke davon, es war Südseite und daher wuchs es schneller als im großen Garten. Als der Boden warm genug war, kamen Bohnenker-

ne in die Erde. Diese waren vom Vorjahr ausgereift und so kostete der Samen nichts.

Möhren, Rote Beete, Freiland-Salat, Gurken und Lauch wurden in die vorbereiteten durch gehackten Böden gesät. Bohnenstangen wurden in die Erde geschlagen, denn die Stangenbohnen wollten ja hochklettern.

Weißkraut, Blaukraut, Wirsing, Rosenkohl und Kohlrabi haben wir als „Setzlinge“ gekauft. Auf dem Steinhirt hatte Frau Himmelstoß eine Gärtnerei. Meine Mutter schickte mich mit einer alten Zeitung und einer Tasche auf den Weg zum Steinhirt. 1,5 km bergauf, um zu kaufen, was auf dem Zettel stand, sonst hätte ich vielleicht das Falsche mitgebracht. So marschierte ich alleine los (bestimmt nicht mit Begeisterung, doch ich durfte ja nicht maulen/meckern).
Frau Himmelstoß hatte viele Frühbeete, die mit Glas bedeckt waren. So wuchsen die Sämlinge schneller als in unserem Garten. Die verschiedenen Setzlinge packte Frau Himmelstoß in meine Zeitung, steckte alles in meine Tasche. Ich bezahlte. Der Heimweg war jedoch sehr schön. Nicht nur, weil es bergab ging, sondern wegen dem schönen Blick auf das Dorf Sontheim, den Burschel und vielen Wiesen und Feldern, umsäumt von viel Wald.

Ohne Wasser kein Leben – so ist das auch bei den Pflanzen. Wannen wurden aufgestellt, um Regenwasser aufzufangen, denn wenn nötig, musste gegossen werden.

Wir hatten viele Beerensträucher. Himbeeren, Stachelbeeren und schwarze und rote Johannisbeeren. Ein großer Apfelbaum trug ab und zu auch Früchte. Als ich größer war, so etwa 10 Jahre, hatte ich ein eigenes Beet, das ich hegen und pflegen wollte und auch sollte. Die Radieschen erntete ich schon, als sie noch sehr klein waren, ich konnte wohl nicht lange genug warten.

Am schönsten waren die vielen, vielen, bunten Blumen. Astern, Levkojen, Löwenmäulchen, Tagetes, Vergissmeinnicht, Flox, Winterasterbüsche in verschiedenen Farben. Dazwischen überall Ringelblumen. Eine Bank oder einen Stuhl zum Ausruhen gab es nicht. Später einen Holzliegestuhl, der nicht sehr bequem war und selten benutzt wurde.

Großmutter arbeitete sehr gerne im Garten. Bis zu ihrem 75. Lebensjahr hatte sie noch genug Kraft. Sie war sehr klein – 150 cm und 48 kg schwer. Ihr Rücken krümmte sich immer mehr und sie benötigte einen Stock zum Gehen.
Auch meine Mutter liebte die Gartenarbeit. War es doch eine Abwechslung von der Arbeit im Haus und im Laden. Im Sommer war viel zu tun. Von den Beeren, die gezupft werden mussten, gab es Saft oder Marmelade. Besonders arbeitsintensiv war das Sauberzupfen der kleinen Stachelbeeren. Stangenbohnen wurden zuerst von den Fäden befreit, dann mit einem kleinen, von Hand gedrehtem Bohnenschlitzgerät vorbereitet, um in Flaschen gestopft zu werden. Ich sah zu wie Großmutter mit großer Geduld eine Flasche nach der anderen mit Bohnen vollstopfte. Mit einem Kochlöffel schob sie immer wieder die Bohnen eng zusammen. Dann kam etwas Salzwasser hinein, bis die Flasche voll war. Mit einem Korken wurde die Flasche verschlossen. Flüssiges Paraffin (Wachs) darüber gegeben – fertig. Diese Arbeit habe ich nicht gemacht. Aber vorher die Bohnen abzupfen, das habe ich liebend gerne getan.

Suppengrün herstellen – ach, das war ein Geschäft! Karotten, Sellerie, Lauch, Petersilie – alles sehr klein schneiden, dann durch den Fleischwolf drehen, salzen, in kleine Gläser füllen, zubinden

und in den Keller tragen. Das war eine ausgezeichnete Suppenwürze im Winter.
Wenn im Herbst alles abgeerntet war, musste geschort werden. Das tat Mama und Bruder Werner half auch. Nun konnte der Garten Winterschlaf halten.

Deutsche Soldaten in Wilmenbauers Hof, unser Nachbar

Deutsche Soldaten vor unserem Haus, (rechts unser Gartenzaun)

Anwesen unseres Nachbarn Maier, Wilmenbauer

1945

Eine große Firma aus Heidenheim lagerte ihr gesamtes Baumwollgarn ins Gasthaus Rößle in Sontheim in den Saal aus. Viele Frauen durften sich dort von dem weißen, feinen Garn etwas holen. Davon wurden Söckchen und Kniestrümpfe gestrickt, in vielen wunderbaren Mustern.

Ausgebombte

Ich konnte mir nicht vorstellen, was das bedeutet. In unserem Dorf war es ruhig. Nun kamen Menschen, deren Häuser zerstört, zerbombt waren. Sie hatten alles verloren. Nun benötigen sie Wohnraum. Sie kamen aus Ulm, Stuttgart, Essen, Duisburg, Ludwigshafen, Stettin. Es waren meist Frauen mit Kindern, zum Teil

waren kleinere Kinder dabei. Die (meisten) Väter waren entweder in der Gefangenschaft, vermisst oder im Krieg gefallen.
20 Personen kamen aus Jena, die Männer arbeiteten vorher bei der Firma Zeiss Optik in Jena. Nun bekamen sie Arbeit bei Zeiss in Oberkochen.

Die Amerikaner kommen

Die amerikanischen Soldaten fuhren in Wilmenbauers Hof. Ein weißes Leintuch hing aus dem Fenster. Ich wusste nicht, was das bedeutete. Die Soldaten stellten eine Gulaschkanone auf und fuhren auch mit den Jeeps hin und her.

1945. Der 24. April. Die Amerikaner sind durch unser Dorf gezogen, d. h., dass sie doch 1 – 2 Tage da waren. Einige Familien mussten in den Keller ziehen für eine Nacht. Wir nicht. Über unserer Haustüre war ein kleines Guckfenster. Von dort aus konnte die Hauptstraße eingesehen werden. Drei oder vier amerikanische Soldaten lagerten dort. In unserem Schlafzimmer waren Mutter, Werner, Großmutter und ich. Frau Hohly und ihre Tochter waren im Wohnzimmer. Großmutter hörte schlecht und Englisch verstand sie auch nicht, so dass sie wohl nicht verstand, was die Soldaten zu ihr sagten. Ihr, als Oberhaupt der Familie, war es ein Anliegen, nach dem Rechten zu sehen und sie ging nochmals nach oben in ihr Zimmerchen. Sie sah ein kleines Feuer und ging sogleich in die Richtung der Amerikaner. Tatsächlich haben sie auf dem Holzdielenboden etwas entzündet. Schnell legten sie eine Alufolie darauf und die Sache war gut. Großmutter ging beruhigt zu Bett. Die Männer waren wohl höflich zu ihr. Am anderen Morgen bekamen mein Bruder und ich Kaugummi und zwei kleine Dosen. Wir hofften, es wäre Wurst. Es stellte sich heraus, dass es Pferdefleisch mit Rosinen war. Es schmeckte etwas süßlich.

Am nächsten Tag kamen sie mit einer Schüssel Hühnereiern. Bei der Nachbarin Luise haben sie diese frisch aus den Nestern geholt, d.h., sich von ihr geben lassen. Meine Mutter sollte sie ihnen backen, was sie auch tat.
Rasch zogen die Soldaten weiter. Wir Kinder hatten die ersten dunkelhäutigen Menschen gesehen. Ach ja, etwas haben die Soldaten doch noch „gebrauchen“ können. Sie leerten einige Einweckgläser, die mit Kirschen, Birnen und Pflaumen gefüllt waren. Eine große Dose Erbsensuppe ließen sie „als Spende“ bei uns stehen. Auf der Büchse stand: INSTANT YELLOW SOUP, Thee Quaker Oats Company CHICAGO U.S.A.

Zuweisung in unser Haus

Kurzzeitig veränderte Wohnverhältnisse
Im oberen Stock waren zwei nicht heizbare Zimmerchen. Eines wurde für ein Jahr von einem jungen Mann, Paul Heinz, 18 Jahre alt, belegt. Er kam mit seiner verheirateten Schwester, Frau Thiele aus Jena. Sie hatte mit ihrem Mann, Doktor der Chemie, eine kleine Wohnung im Dorf gefunden. Kurz darauf wurde ihr Töchterchen geboren.

Noch eine Einweisung hatten wir im Haus. Eine junge Frau mit einem einjährigen Kind. Ihr Mann war an der Front. Sie hörte bei uns oft Radio. Auf einem bestimmten Sender kamen Rotkreuz-Berichte. Sie wusste nicht, ob ihr Mann noch am Leben war. Wie lange sie bei uns wohnte, ob drei oder vier Monate, weiß ich nicht mehr.
Danach kam eine ältere Frau aus Stuttgart. Ihre Wohnung war auch zerstört. Ihre Tochter mit 4jährigem Sohn bekam eine kleine Wohnung im Dorf, auch ihr Mann war Soldat. Zum Glück kam er

gesund wieder aus dem Krieg. Als sie in Stuttgart-Wangen eine Wohnung bekommen konnten, zogen sie weg.
Frau Hohly und Tochter Hilde waren in Ulm ausgebombt worden. Sie verloren fast alles. Als sie bei Verwandten unterkommen konnten, verließen auch sie unser Haus. Es war ja nur eine Küche im Haus. So waren wir eine gute Hausgemeinschaft. Paul Heinz bekam eine Stelle bei der Polizei in Bielefeld. Seine Schwester und Familie blieb in Sontheim. Frau Thiele hat später die Schulspeisung ausgegeben. So waren wir ab Mitte 1946 wieder 4 Personen im Haus. Werner bekam oben ein Zimmer zum Schlafen (heizbar war es nicht) und ich bekam neben Mutter das große Bett.

Heimatvertriebene

Die Heimatvertriebenen kamen 1945 in unser Dorf. Ich war 6 Jahre alt, ging in die erste Klasse nach Steinheim in die Schule. Wir waren am Anfang 3 Mädchen, 5 Buben (1 Bub aus Küpfendorf). Kurz vor Weihnachten kamen neue Schüler dazu, da Familien in Sontheim zugezogen waren. Ich kannte die fremden Menschen teilweise durch den Laden. Sie sprachen alle Deutsch und waren gekleidet wie wir.
Vier Familien kamen aus Oberschlesien. Sie waren zum Teil miteinander verwandt. Die Leute waren alle sehr nett und wurden von den Menschen im Ort gut aufgenommen. Es war ja um die Weihnachtszeit und die Bauersfrauen brachten ihnen auch „Bredle“ im Schurz für die Kinder. Eine Familie mit 3 Buben musste sich in der Schule im oberen Stock ein Zimmer teilen. Alles war sehr, sehr einfach und behelfsmäßig, bis anderer Wohnraum gefunden wurde.
Später kamen auch Familien aus Jugoslawien und Bessarabien nach Sontheim.

Oberer Stock

Als die fremden Leute ausgezogen waren, waren die zwei kleinen Zimmer wieder für uns frei. In einem nicht heizbaren Zimmer war nun mein Bruder, das andere wurde als Lagerraum für Lebensmittel wie Pudding, Maizena, Tee, Nüsse, Mutschelmehl usw. genommen.
Es war ein trockener Raum. Im Vorplatz waren sämtliche Nudeln gelagert. Dort stand auch Großmutters Kleiderschrank und ein Regal, in dem die Gsälzgläser, Marmeladengläser standen.
Dann kam eine Türe, denn es ging zur Bühne hoch. Ein kleines Fenster war auf dem Vorplatz. Waschmittelpakete waren dort gelagert, und leere und volle Einweckgläser. In einer kleineren Nische war ein Holzgestell, darüber wurde die schmutzige Wäsche gehängt, bis zum Waschtag, der meist einmal im Monat war.

Im Frühjahr 1946 ging auf einmal die Kunde durch das Dorf, dass auf dem Schulplatz Heimatvertriebene aus Ungarn angekommen sind. Da mussten wir Kinder unbedingt hin, um zu schauen, was da los war. Wie viel Menschen dort saßen, weiß ich nicht mehr, so ungefähr 30. Die Frauen trugen Kopftücher, meist lange dunkle Röcke und Schürzen aus dunkelblau glänzendem Stoff. Sie sprachen auch Deutsch mit etwas anderem Dialekt, doch man verstand sie gut. Viele Kinder waren dabei. Nun kamen die Bauern und holten sich zuerst die jungen Menschen, damit sie bei ihnen auf dem Hof als Magd oder Knecht arbeiten konnten. Ein Zimmer war schon zu finden. Für Familien wurde es schwieriger, Wohnraum zu finden. So wurden viele Familien nach Küpfendorf einquartiert, wo sie sehr beengt leben mussten. Das Dorf ist auf der Höhe und 3 km von Sontheim entfernt. Es gab dort 14 Häuser. Aufgenommen wurden 20 Personen aus Ungarn, 5 aus Jugoslawien, 6 aus Bessarabien und 1 Junge aus Ulm. Von 32 Personen waren 16 Schulkinder.

Die Menschen benötigten Lebensmittel. So kamen sie zu uns in den Laden. Einige rochen nach Knoblauch, das war für uns ein ungewohnter, wenn auch gesunder Duft. Sie verlangten Germ zum Backen, Topfen und 10 Deka Kakao. Es dauerte, bis wir (meist waren Mama und ich im Laden) wussten, dass Germ Hefe ist, Topfen Quark und 1 Deka 10 Gramm sind. Zu mir sagten sie meist Christi.
Die Frauen haben wunderbaren Topfenstrudel (Quarkstrudel) gebacken. Neben uns wohnte ein junges Ehepaar aus Ungarn. Die junge Frau ließ mich von dem köstlichen Gebäck probieren – lecker!

In der Weihnachtszeit luden uns mehrere Familien ein, ihren Weihnachtsbaum anzuschauen Es hatte herrlichen Schnee und mit Mutter stapfte ich nach Küpfendorf. Ja, die Weihnachtsbäume waren anders geschmückt als unsere. Viele, viele in Krepppapier eingewickelte bunte Bonbons hingen am Baum, anstelle von Kugeln. Die Frauen boten uns ausgezeichnetes Gebäck an – Kipferl. Die Heimatvertriebenen waren sehr fleißig und ihr größter Wunsch war, wieder ein eigenes Heim zu haben. Dieser Wunsch hat sich erfüllt. In Steinheim wurde eine Siedlung gebaut. Die Menschen halfen sich gegenseitig beim Bauen. Es war ein großer Zusammenhalt. Da viele katholisch waren, kam es auch zum Bau einer katholischen Kirche in Steinheim

In der Gemeinde Sontheim (bisher 350 Einwohner) und Küpfendorf (ca. 40 Einwohner) wurden insgesamt 100 Personen aus verschiedenen Ländern den Familien zugeteilt. Mit Allen war die Verständigung in Deutsch möglich. Die Meisten haben sehr beengt gewohnt, oft 5 Personen in einem Raum.

Erinnerungen an Großmutter Karoline Gienger aus Weilheim/ Teck, geboren am 10.9.1879 in Lauffen am Neckar

Ich habe kaum Erinnerungen an Großmutter, doch an Etwas kann ich mich genau erinnern. Sie war eine große kräftige Frau. Einmal nahm sie ein hart gekochtes Ei mit Schale in die Hand und 'Zack' schlug sie es mit einem großen Messer in 2 Hälften. Sie nahm das Eigelb heraus, gab Senf und Pfeffer in die Aushöhlung, tat das Eigelb wieder hinein und aß das Ei aus der Schale. Dazu gab es Bohnensalat und Brot.
Am 23. Dezember 1945 kam die traurige Nachricht, dass Großmutter mit 76 Jahren gestorben ist. Das war besonders schlimm für Mama, weil nun auch ihre Mutter nicht mehr da war. Mama war 37 Jahre alt. Ihr Vater starb 14 Tage vor ihrer Konfirmation. Ihr Lieblingsbruder Karl fiel mit 18 Jahre in Frankreich, da war sie 10 Jahre alt. Unser Papa ihr Ehemann, fiel im Krieg als sie 34 Jahre alt war.
Ich habe dadurch nie einen Großvater und auch keinen Vater erlebt.

Der Milchzahn

Mit Großmutter Apollonia Kaufmann (geb. 1879) zum Zahnarzt

Unseren guten Dr. med. Dietrich, der in Steinheim a. A. seine Praxis hatte, kannte ich von Kindesbeinen an. Wenn jemand von uns im Haus krank war, kam er ins Haus und er wusste genau, wie wir wieder gesund werden können.
Doch einmal marschierte ich als 6jährige mit meiner 66 Jahre alten Großmutter 2 km weit über den Steinhirt zum Doktor. Der Grund war ein Milchzahn, der zwar wackelte, aber nicht raus ging.

Herr Dr. med. Dietrich war auch ein halber Zahnarzt. Er betrachtete den Wackelzahn und sagte: „Das haben wir gleich." Um den Zahn wurde ein Faden gelegt. Der Faden wurde an die geöffnete Tür gebunden. Türe zu – der Zahn war draußen.
Es entstand keine Angst vor dem Zahnarzt, er hatte ja nicht gebohrt.
Lange habe ich diesen Milchzahn in einer leeren Streichholzschachtel aufgehoben.

Früh am Morgen Jesus gehet
und vor allen Türen stehet,
klopfet an, wo man's geflehet:
Komm Herr Jesu unser Gast!
- Nun, so lasset ihn nicht dorten;
Tut ihm auf die Herzens Pforten
und ruft ihn mit süßen Worten:
Eile, Jesu kehre ein!
Wollest täglich bei uns bleiben,
uns ins Buch des Lebens schreiben
und der gute Hirte sein.
Weiden uns auf grüner Auen,
dass wir deine Fülle schauen
und auf deinen Reichtum bauen,
mit dir gehen aus und ein.
Amen, ja, es soll geschehen.
Jesus wird heut mit uns gehen.
Und wir werden fröhlich sehen,
dass er uns nicht lässt allein.

EG Nr. 664 Gerhard Sipp (1809-1882)

Kindergarten

Anhand der Fotos ist zu sehen, dass es in der Nähe der Schule einen großen Sandkasten gab, wo die Kinder spielen konnten und jemand auf sie aufpasste.

Auf dem Foto ist mein Bruder Werner, Herbst 1943, mit einer „Blumentüte“ zur Einschulung zu sehen. Ich habe ein Täschchen für den Kindergarten.

Schule

Der Termin der Einschulung stand ja lange fest. Der 1. Oktober 1945. Bis dahin benötigte ich also einen Schulranzen. Da wir noch schönes, helles Kalbsleder von Vaters Geschäft hatten, wurde daraus für mich vom Schuster ein Ranzen gearbeitet.

Schulzubehör am Anfang

Tafeln hatten wir im Laden. Griffel auch, aber nicht so viele, wie benötigt wurden. Manche Schüler hatten nur einen halben Griffel und einen Bleistift. Ich bekam von Mutter einen ganzen Griffel.

Einschulung nach Steinheim am Albuch

Am 1. Oktober 1945 war mein 1. Schultag. Ob ich aufgeregt war, weiß ich nicht mehr. Mutter hat in eine Spitztüte Astern gesteckt. Vielleicht waren unten Süßigkeiten versteckt. Mit dieser „Schultüte“, die im Dorf nicht üblich war, bin ich sicherlich nicht nach Steinheim gelaufen.

Die Sontheimer Schule war ja geschlossen, sowie die Steinheimer. Diese Schule war ein Hilfskrankenhaus, und später war die Schule von amerikanischen Einheiten belegt. So fand der behelfsmäßige Unterricht in den Sälen der Steinheimer Gastwirtschaften statt. Unsere 1. Klasse, 88 Schüler, kamen in den Saal der Gastwirtschaft und Metzgerei Sonne. Der Sohn davon, Erich, war auch in unserer Klasse. Wir hatten alle mehr oder weniger Schulutensilien dabei. Viele hatten keinen Ranzen. Wir 44 Mädchen kamen gleich zu Fräulein Hirzel in die Handarbeit. Baumwolle und eine Häkelnadel mussten wir mitbringen. Gezeigt wurde uns, wie feste Maschen gehäkelt werden. Als wir das konnten, lernten wir einfache Stäbchen. Jetzt sollten wir eine Reihe mit 20 Maschen „anschlagen", dann feste Maschen, dann Stäbchen häkeln. Ein Viereck sollte es werden. Mein Muster wurde nach oben schmäler. Wir mussten stets zur Lehrerin an das Pult vorgehen und unsere „Leistung" vorweisen. „Aufziehen", hieß es bei mir. Doch das sah ich nicht ein. Kurzerhand häkelte ich Luftmaschen an. Fertig war eine Schürze für die Puppe. Diese zeigte ich der erstaunten Lehrerin.

Erste Häkelarbeit, Christa, 6 Jahre alt

Unser Schulweg war über den Berg, bei Eis und Schnee. Eine Quelle überquerte mit ihrem Sickerwasser unseren Weg. Wenn es sehr kalt war, fror das Wasser zu einer schönen Schleife (Eisbahn). Wer einen Ranzen hatte, war gut dran. Wir setzten uns darauf und rutschten voll Freude ein Stück den Berg hinab. Kamen wir zu spät heim, gab es kein Lob. Im Winter waren die Straßen noch nicht gestreut. Wir konnten Schlittschuh laufen. Der große Holzbahnschlitten, mit Holz beladen, war für uns auch Transportmittel. Wir setzten uns, beim Heimweg von Steinheim nach Sontheim, hinten drauf. Einmal schubsten wir Mädchen uns um den Platz und ich fiel zu Boden. Die Kufe des Schlittenanhängers (2. Schlitten) erfasste mein Bein. Die Wade wurde verdreht, das Blut kam ganz fein durch die Poren der Haut. Es schmerzte sehr. Die Mädchen gingen ortseinwärts zu Frau Marianne Mack und erzählten, was passiert war. Marianne hat mich auf einem kleinen Schlitten heim transportiert. Der gute Arzt Dr. med. Dietrich aus Steinheim wurde verständigt. Er kam am Nachmittag. Das Bein wurde untersucht, gebrochen war nichts. Es wurde eingerieben und mit Guttapercha – oder wie das hieß – eingewickelt. Das bedeutete nun: Liegen auf dem Sofa. Wenigstens einige Zeit. Da war es jedenfalls warm.

Die Sommermonate waren angenehmer. Ich habe mir immer Zeit gelassen mit dem Nachhausekommen. Doch wir waren alle froh, als wir hörten, dass wir bald in Sontheim in die Schule konnten. Ein kurzer Schulweg bedeutete ja auch, nicht so bald aufstehen zu müssen.

Gemälde von Fritz Weitmann, Privatbesitz Fam. Ensinger

Durch eine Türe wurde der einzige Raum betreten. Inmitten eines 44 qm großen Raumes mit 6 Fenstern stand ein großer Ofen, der mit Holz zu heizen war. 55 Kinder saßen auf Bänken mit einem schrägen Pult davor. Da war eine Vertiefung für das Tintenfässle.

In unserem einzigen Klassenzimmer saßen die 1. bis 4. Klasse, alle Kinder beieinander. Herr Propp war ein junger Lehrer und führte die Ganzwortmethode ein. Er diktierte den Erstklässlern: Das Haus ist blau. Da sagte ich zu meiner Nebensitzerin: „Der Herr Propp ist doch ein Dackel, das können die doch noch gar nicht schreiben!"
Meine Geschwätzigkeit störte und Herr Propp fragte meine Nebensitzerin, was es da zu reden gäbe. Brav gehorchend stand sie auf und sagte: „Herr Propp, Christa hat gesagt: „Sie sind ein Dackel!" Au weia, dachte ich. „Christa, komm zu mir", sagte er. Ich

blieb sitzen. Dreimal wiederholte er die Aufforderung – ohne Erfolg. Ich rechnete mit Strafe und das wäre dann eine Tatze auf die Hand gewesen. Schließlich ging ich doch zu ihm, dem großen, schlanken jungen Lehrer und schaute ihn nur an. Er legte seine Hand auf meine Schulter und sagte: „Setz dich wieder hin." Ist die Sache nun vorbei?, dachte ich.

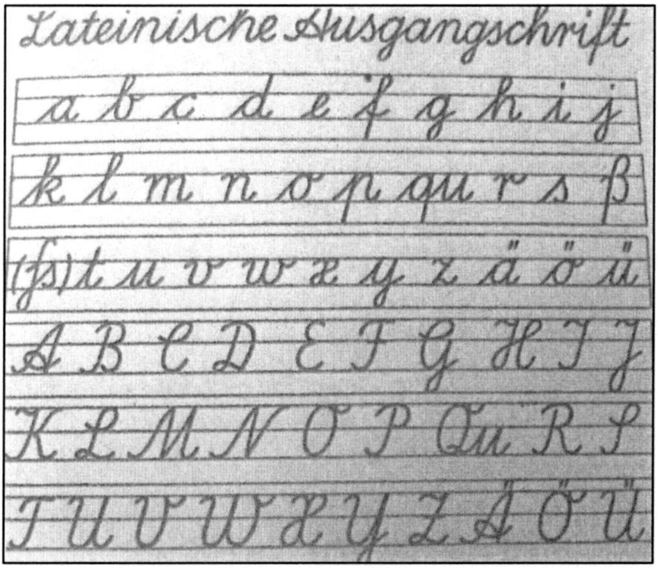

Am Nachmittag kam Herr Propp zu uns nach Hause. Aber nicht durch die Ladentüre, sondern durch die Garten- und Haustüre. Au weia, dachte ich, jetzt wird er es meiner Mutter sagen und dann darf ich nicht mit auf die Zugspitze. Er ging ins Wohnzimmer, wo Mutter war. Die Türe ging zu.

Obwohl ich an der Tür lauschte, verstand ich kein Wort. Die Besprechung dauerte nicht lange. Rasch verließ ich meinen „Lauschplatz" an der Türe. Als Herr Propp fort war, fragte ich Mutter, was er wollte. Es ist wegen der Elternbeiratssitzung nächste Woche, sagte sie. Er fragte mich, ob ich da Zeit hätte.

O, wie war ich erleichtert. Der Lehrer hatte nicht gepetzt.

Auf die Zugspitze

Im Juni 1948, wahrscheinlich in den Pfingstferien, stand mir ein großes Ereignis bevor. Wir wollten auf die Zugspitze.
Mit dem Zug ging es mit Mutter zuerst zu unseren Verwandten am Starnberger See. In Percha wohnte Onkel Hans, Bruder meines Vaters, mit seiner Familie. Sie hatten 4 Buben und 1 Mädchen. Sie hieß Christine, aber wir sagten Christa zu ihr. Am anderen Tag nahmen wir den Zug von Starnberg nach Garmisch. Von dort aus mit der Zahnradbahn zum höchsten Berg von Deutschland, der Zugspitze, 2.964 m hoch.
Mein ältester Vetter Willi, 22 Jahre alt, hat uns begleitet. Ihn mochte ich gut leiden. Zum Glück fanden wir einen Sitzplatz in der vollen Bahn. Neben mir saß ein Mann, der einen Korb voll junger Hasen bei sich stehen hatte. Immer wieder kam so ein kleines Stupsnäschen heraus. Das war zu nett und ich war ganz entzückt von den Häschen. Schau doch die Gegend an, ermahnte Mutter mich immer wieder. Aber was interessierte mich mit 9 Jahren die Gegend? Leider ist der Mann mit den Häschen am Eibsee ausgestiegen. Nun hatte ich Zeit für die Gegend. Je höher sich die Bahn wand, umso mehr Tunnels kamen. Endlich sah ich dazwischen hohe Bergspitzen mit Schnee bedeckt. Plötzlich hielt die Bahn. Alle aussteigen. Es waren viele. Schneefernerhaus. Ein großes Hotel, viel Amerikaner, aber wir konnten nichts kaufen. Mutter und mein Vetter wollten unbedingt ins Freie. Doch dort lag so viel Schnee, es war kalt – ich wollte nicht mit und ich ging auch nicht mit. Was hat mich so fasziniert?
Die Hotelküche war verglast und ich konnte alles sehen, was dort geschah. Mutter und Willi musste ich versprechen, dass ich dort stehen bleibe, bis sie wiederkämen.
Nun sah ich viele Köche, weiß gekleidet und mit ganz hohen Kochmützen. Das fand ich toll. Leckere belegte Brote und Kuchen richteten sie an. Aber leider nicht für uns zu erhalten. Nur für die

Amerikaner. Das Schneefernerhotel war von Amerikanern besetzt. Die amerikanischen Ladys in ihren hübschen, bunten Sommerkleidern und Söckchen froren. Ich trug wahrscheinlich lange Wollstrümpfe, denn lange Hosen, außer einer Trainingshose, hatte ich nicht.

Nun sollte es mit der Seilschwebebahn weiter hoch gehen, zum Münchner Haus. Ach, du liebe Zeit! Ich hatte schreckliche Angst in der Gondel und setzte mich auf den Boden. Kam ein Mast, sauste die Gondel 1 m tiefer und ich bekam noch mehr Angst. Mutter bemühte sich sehr, mir die „Gegend" zu zeigen – nichts zu machen -, ich blieb am Boden. Für Mutter war die Zugspitze mit schönen Erinnerungen verbunden. Mit 23 Jahren, 1931, ist sie mit meinem Vater – gleich alt – in einfacher Ausrüstung von Garmisch aus auf die Zugspitze gestiegen. Das war eine großartige Leistung von den Beiden.

Nun waren wir oben am Münchner Haus. Dort konnten auch wir etwas zu trinken kaufen. Im Wendeltreppenhaus standen wir lange und warteten, bis wir endlich oben eine heiße Zitrone bekamen. Das Wetter war leider nicht besonders gut. Die Sicht getrübt, das war schade. Wieder ging es mit der gefürchteten Gondelbahn zurück zur Zugstation. Da war ich froh.

In Garmisch Partenkirchen fanden wir einen Übernachtungsplatz in einer Art Jugendherberge für alle Altersklassen. Lange stand mein Vetter an, um für mich eine zweite, graue Art Wolldecke zu bekommen. Mich fror immer. In einem großen Saal waren Feldbetten. Ein Raum für Frauen und Kinder, ein Raum für Männer. Im Flur standen Waschschüsseln mit einem Handtuch. Das Waschwasser war kalt, aber das machte nichts. Wahrscheinlich gab es Marmeladebrot und Malzkaffee zum Frühstück - ich weiß es nicht mehr.

Die Leute um mich her waren interessanter für mich.

Dann ging es zurück nach Starnberg, zu Onkel Hans und Tante Marie. Am nächsten Tag über München und Ulm nach Heidenheim. Das ganz besondere Erlebnis war zu Ende – aber nicht vergessen.

In der Zeit unserer Abwesenheit hat Großmutter mit Werner den Laden geführt, die Tiere versorgt und nach dem Garten gesehen.

Kinderfest

Vor den großen Ferien wurde das Kinderfest in Steinheim auf dem Zanger-Berg gefeiert. Die Schulklassen trugen zum Gelingen des Festes bei. Lieder, Reigen, Spiele wurden einstudiert. 1947 haben wir bei Herrn Lehrer Propp die Vogelhochzeit einstudiert. Jeder bekam eine Aufgabe. Die Schüler der 1 – 8 Klasse waren beteiligt, ca. 40 – 50 Schülerinnen und Schüler. Wir Mädchen trugen helle Sommerkleider. Meine Mutter nähte mir ein ganz leichtes, weißes Kleid. Die Buben trugen kurze Hosen. Wir Mädchen hatten meist lange Zöpfe (ich auch), doch am Kinderfest trugen wir die Haare offen.
Am Abend vor dem Fest hat mir Großmutter die Haare mit Bier befeuchtet und dann unzählige Zöpfchen geflochten. Wozu? Über Nacht sollten kleine Wellen in den Haaren entstehen. So war es auch. Meine „Schnittlauchlocken" waren gewellt! Mein Bruder Werner wurde auch mit einer weißen Hosen (von Mutter genäht) festlich bekleidet.

Werner und Christa

Herr Propp hat mit uns „hochdeutsch“ gesprochen. Uns Schüler mit unserem „schwäbisch“ zu verstehen, war nicht leicht für ihn.
Herr Propp und seine Frau waren Heimatvertriebene aus Stettin. Ihr Sohn Dieter ist 1947 in Sontheim geboren. Propps wohnten mit Familie Polednie aus Schlesien auf einem Stock, 11 Personen, bei Bauer Mack (Jackelesbauer) im oberen Stock.

Meine Freundin Karin aus Jena war gerne „Kindsmagd“ bei Dieter. So kam auch ich manchmal zu Propps in die Wohnung. Frau Propp war eine nette Frau. Sie stellte Karamellbonbons aus Rübensirup her. Das war etwas Besonderes. Herr Propp brachte uns einmal „Bonbons“ mit in die Schule.
1948 kam der Abschied von Familie Propp von Sontheim. Herr Propp wurde auf die Alb versetzt. Die Familie bekam eine nette Wohnung beim Schulhaus. Mama, Werner und ich besuchten sie dort.

1948 bekamen wir einen anderen Lehrer. Herr Ensinger war früher schon Lehrer an dieser Schule gewesen. Er musste jedoch als

Soldat in den Krieg und war auch in französischer Gefangenschaft. Bei ihm beteten wir bei Schulanfang immer:

Das walte Gott, der helfen kann!
Mit Gott fang ich die Arbeit an,
mit Gott nur geht es glücklich fort,
drum ist auch dies mein erstes Wort:
Das walte Gott!

All mein Beginnen, Tun und Werk
erfordert von Gott Kraft und Stärk;
mein Herz zu Gott ist stets gericht,
drum auch mein Mund mit Freuden spricht:
Das walte Gott!

So Gott nicht hilft, so kann ich nichts,
wo Gott nicht gibet, da gebricht's,
Gott gibt und tut mir alles Guts,
drum sprech ich auch nun guten Muts:
Das walte Gott!
von Johann Betichius 1697, EG Nr. 675 (von 1996)

Unsere Schulfächer waren Religion, Lesen, Sprachkunde, Rechtschreiben, Aufsatz, Schreiben, Geschichte, Erdkunde, Zeichnen und Werken, Musik, Rechnen und Raumlehre, Naturkunde, Leibesübungen, Handarbeit. Für Fleiß und Verhalten gab es auch eine Note.

Unser Lehrer legte viel Wert auf die Rechtschreibung. Da ich sehr geschwätzig war, wurde ich des Öfteren „zwangsversetzt", das heißt – ich musste alleine an einen Tisch sitzen. Wenn ein Diktat geschrieben wurde, setzte der Lehrer einen Schüler neben mich, dem die Rechtschreibung noch nicht so gelang. Bei groben Schreibfehlern durfte ich nur mit dem Finger auf das Wort zeigen. Dann wusste der Schüler, dass etwas nicht stimmte. Zum Beispiel wenn er „immer" schrieb tippte ich mit dem Finger auf das falsche Wort und er verbesserte auf „immer". Dadurch hatte er kostenlosen Nachhilfeunterricht und in seinem Heft kam nicht so häufig die rote Farbe vor.

Leibesübungen

Meine Mutter wünschte es, dass ich in die Turnstunde nach Steinheim ging. Im Sommer mit dem Fahrrad, im Winter zu Fuß. Ich war für das Turnen nicht sehr begabt und hatte auch keine richtige Freude, weil ich es nicht konnte. Auch im Abschlusszeugnis der Volksschule fand sich die Note „3" – die Einzige – in Sport.
Doch die Turngemeinschaft mit den Buben machte mir Spaß. Wir sangen ja auch viele schmissige Lieder, z.B. „Wo die bunten Fahnen wehen" oder „Turner auf zum Streite" usw.

Die Turntrainer schoben oder zogen mich über die Geräte und meinten, es ist nicht zu glauben, dass du die Junge der Alten bist (meine Mutter war eine sehr gute Turnerin).

In unsere Turnstunde gingen wir bei gutem Wetter „aufs Knill!" Eine Erhebung Richtung Heidenheim, ca. 1,5 km von der Schule entfernt. Wir spielten Faul-Ei, erfreuten uns an Ballspielen oder Völkerball. Auf dem Heimweg, kurz vor der Schule, gab der Lehrer ein Zeichen für einen Wettlauf bis zur Schule. Die ersten drei, die die Schule erreichten, mussten keine Hausaufgaben machen. Ich war da nie dabei. Die beste Läuferin war Martha Junginger. Die anderen „durften" eine Seite aus dem Lesebuch abschreiben, so dass es eine Heftseite gab. Ich wählte immer Gedichte, das waren oft nur halbe Zeilen. Nebenbei habe ich sie gleich gelernt.

Musik

Unser Lehrer war auch Dirigent des Gesangvereins. Das Singen war ihm wichtig. Wir hatten ein sehr schönes Liederbuch, das mit kleinen Zeichnungen ausgeschmückt war. Einige unserer Buben konnten sehr gut singen, sie hatten feine, hohe Stimmen. Zweistimmig waren einige Lieder. Da ich vom Klavierspielen her die Noten kannte, und eine sichere Stimmführung hatte, war ich eine verlässliche kräftige zweite Stimme. In Musik hatte ich stets ein „sehr gut“ im Zeugnis. Singen tat gut und bereitete Freude.

Pflanzenkunde

Kein Hälmlein wächst auf Erden,
der Himmel hat's betaut,
und kann kein Blümlein werden,
die Sonne hat's erschaut.
(angeblich v. Friedemann Bach)

Am Montagfrüh – vom Frühjahr bis zum Herbst – durften wir Blumen, Unkraut und Gräser mit in die Schule bringen. Wer ein guter Bauer werden wollte, sollte auch wissen, welches „Unkraut“ auf den Feldern wächst und blüht. Ob die Pflanzen zu den Rosengewächsen, Korbblütlern, Lippenblütlern usw. gehören.

So lagen z.B. Taubenkropf, fleißiges Lieschen, Klappertopf, Hopfenschneckenklee, Salbei, Schafgarbe, Kriechender Günsel, Kronwicke, Labkraut, Hahnenfuß, Storchschnabel, Giersch, Sauerampfer, Bilsenkraut, Kuckuckslichtnelke usw. und viele Arten von Gräsern auf dem Tisch. Als alle Pflanzen erklärt waren, öffneten wir ein Fenster, welches zum Garten meines Onkels Wilhelm ging. Da standen schon die Abnehmer dieser Köstlichkeiten – die

Geißen. Sie genossen sichtlich das „Vesper“. Es waren natürlich keine giftigen Pflanzen dabei.

Für die Pflanzen interessierte ich mich sehr. Doch die Unterscheidung von Pilzen gelang mir nicht immer.

Zeichnen

Wir haben gemalt, weniger gezeichnet. Das Thema war vorgegeben, z.B. „Füttert die hungrigen Vögel“.
Mit Bleistift zeichneten wir vor, mit Wasserfarben wurden die Farben aufgetragen. Am besten zeichnen und malen konnten 3 Geschwisterbuben: Josef, Gerhard und Herbert Kotitschke. Wenn die Kunstwerke gut ausgefallen waren, wurden sie an die Pinnwand gesteckt mit Reisnägeln.

Bei Scherenschnitten entstanden richtige Kunstwerke. Gemalt habe ich gerne, aber manchmal etwas schlampig – es hat oft pressiert. Schnell wollte ich fertig sein.

Geschichte

Von Römern und Kelten – interessierte mich selten.
Die französische Revolution – die kannte ich schon.
Vom vorigen Jahr in Klasse fünf und die Alemannen,
die gingen auch einmal von dannen.
Ich schrieb lieber Gedichte,
als zu lernen die blöde Geschichte.

Religion

Evangelischen Religionsunterricht gaben uns die Pfarrer aus Steinheim. An Pfarrer Schmehl als 1. Religionslehrer erinnere ich mich noch gut. Er kam immer mit dem Fahrrad. Später unterrichteten Pfarrer Franke und Pfarrer Steinestel. Bei allen lernten wir viele Kirchenlieder aus dem Gesangbuch auswendig. Da früher Philipp Friedrich Hiller in Steinheim Pfarrer war und bekannte Evangeliumslieder schrieb, legten auch unsere Pfarrer Wert darauf, dass diese Lieder von uns gelernt wurden. Z.B. EG 123/1 - 1757

Jesus Christus herrscht als König, alles wird ihm untertänig,
alles legt ihm Gott zu Fuß.
Aller Zunge soll bekennen, Jesus sei der Herr zu nennen,
dem man Ehre geben muss.

Das Auswendiglernen war für mich sehr leicht. Als Anerkennung gab es im Zeugnis in Religion immer „sehr gut“. Großmutter hatte mich so lange abgefragt, bis ich alle gewünschten Strophen fehlerfrei konnte.

Handarbeit

Ab der 2. Klasse wurden wir in Sontheim unterrichtet. Die Handarbeitslehrerin kam aus Steinheim. Wir lernten viel in Häkeln, Stricken und Sticken. Mir machte Handarbeit Spaß.

Rechnen

Ja, das bereitete mir Spaß. Das ging gut. Zu Hause fragte mich Mutter oft das große Einmaleins ab und rechnen musste ich ja im Laden auch können. Am Ende der Rechenstunde hieß es: wer als Erster das Ergebnis sagt, darf heim gehen. Das heißt die ersten Drei durften das dann. Fragen waren z.B.:
Was ist 13 x 17? oder 7 x 19? oder 12 x 15?
Es waren fast immer die gleichen 3 Schüler, die den Raum verließen, Erna, Gerhard und ich.

Naturkunde

Wir malten auch die Gesteinsschichten in verschiedenen Farben. Sehr interessiert hat es mich nicht, was für ein „Kalk“ das nun war.

Wie funktioniert eine elektrische Klingel, das Telefon, eine Pumpe. Technische Dinge – ich malte sie - doch verstanden habe ich die Technik nicht so recht.

Bis 1945 war die Sütterlin Schrift Normalschrift. Damit wir Schüler die Briefe unserer Eltern und Großeltern lesen konnten die noch in dieser Schrift geschrieben haben, lehrte uns unser Lehrer, Herr Ensinger, diese Schrift. Es war für uns nicht einfach. Die Buchstaben mussten deutlich geschrieben werden, damit sie lesbar waren.

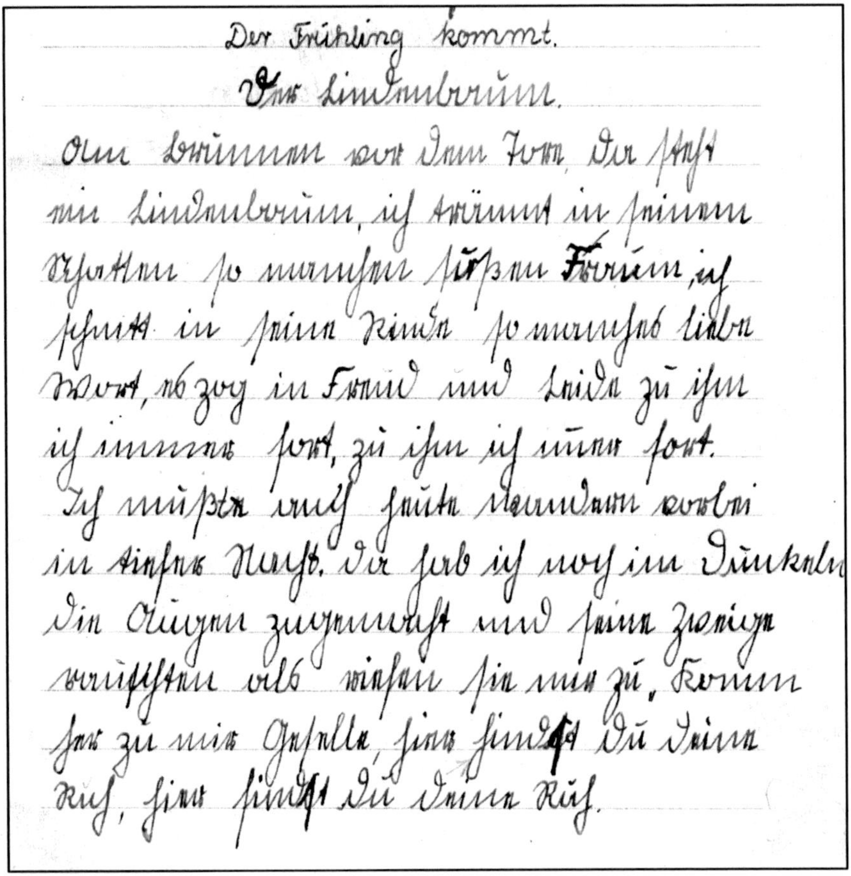
Der Frühling kommt.
Der Lindenbaum.
Am Brunnen vor dem Tore, da steht ein Lindenbaum, ich träumt in seinem Schatten so manchen süßen Traum, ich schnitt in seine Rinde so manches liebe Wort, es zog in Freud und Leide zu ihm ich immer fort, zu ihm ich immer fort.
Ich mußte auch heute wandern vorbei in tiefer Nacht. Da hab ich noch im Dunkeln die Augen zugemacht und seine Zweige rauschten als riefen sie mir zu, Komm her zu mir Geselle, hier findst du deine Ruh, hier findst du deine Ruh.

Text der Sütterlin-Schrift:
Der Lindenbaum
Am Brunnen vor dem Tore, da steht ein Lindenbaum,
ich träumt in seinem Schatten so manchen süßen Traum,
ich schnitt in seine Rinde so manches liebe Wort,
es zog in Freud und Leide zu ihm mich immerfort,
zu ihm mich immerfort.

von Wilhelm Müller 1794 – 1827, vertont von Franz Schubert 1797 – 1828 und Friedrich Silcher

Klassenfoto mit Klassenlehrer Herrn Ensinger
(Klasse 1 - 8, 56 Schüler, davon waren 26 Zugezogene, 1949)

Wir übten für das Theaterstück „Schneewittchen". Christa war Schneewittchen und viele „Ersatzzwerge" waren um sie. Die Bärte waren aus Flachs oder Watte.

Für die Schule waren wir ganz einfach angezogen. Wir Mädchen hatten eine Schürze. Da war auch Platz für ein Taschentuch. Wir trugen nur Kleider und Röcke, keine langen Hosen. Aus aufgezogener Wolle alter Pullover strickten unsere Mütter schöne Pullover und Mützen.

Wir kommen im Radio!

SÜDDEUTSCHER RUNDFUNK
ANSTALT DES ÖFFENTLICHEN RECHTS

An die
Volksschule
Sontheim bei Steinheim
Kreis Heidenheim

ABT. Schulfunk
STUTTGART NECKARSTRASSE 145
Schließfach 837 - Fernschreiber 0723834
Telegrammadresse Rundfunk Stuttgart
Fernsprech-Anschlüsse 40841 und 42553

Ihr Zeichen	Ihre Nachricht vom	Unser Zeichen	Tag
		Sa/Hae	23.März 1953

Sehr geehrter Herr Enzinger!

Für Ihre Mitwirkung an unserer Schulfunksendung

"Das Schulfunkmikrofon"

möchten wir Ihnen nun nach der glücklich überstandenen und gut gelungenen Aufnahme bestens danken.

Gleichzeitig möchten wir Ihnen mitteilen, dass diese Sendung

am Do., 26.3. von 15.00 bis 15.15 Uhr
und am Fr., 27.3. von 10.15 bis 10.30 Uhr

zu hören sein wird.

Mit freundlichen Grüssen
SÜDDEUTSCHER RUNDFUNK
Anstalt des öffentlichen Rechts
Reichert
(Trude Reichert)

Banken: Allgemeine Bankgesellschaft Stuttgart und Württembergische Bank Stuttgart - Postscheck-Konto Stuttgart 18190
Wir bitten, Zuschriften an den Süddeutschen Rundfunk, nicht an einzelne Mitarbeiter zu richten

Wahrscheinlich konnten sich die Lehrer bewerben, ob von ihrer Schule etwas im Schulfunk kommen sollte. – Wir waren ja alle sehr sachkundig in Naturkunde. Eines Tages fuhr ein Bus vor „Schulfunk" Herr Ensinger ermunterte uns über die Pflanzen in ein Mikrofon hinein zu sprechen. – Funkstille! -, keiner traute sich. So begann eben ich, Christa, und erzählte vom fleißigen Lieschen, welches im Feld wächst. Danach erst trauten sich auch die anderen.

Schulspeisung

Im Juni 1947 begann die Hoover-Schulspeisung. Herbert Clark Hoover (1929 – 1933) war Präsident der USA und organisierte nach dem 2. Weltkrieg diese Schülerspeisung für bedürftige Kinder. Da unser Papa im Krieg gefallen war, bekamen mein Bruder und ich auch Schulspeisung. Frau Thiele, eine nette, junge Frau, hat das Austeilen der Schulspeisung übernommen. Sie kam mit ihrem Mann aus Jena, wie 4 andere Familien im Ort auch. Woher wir Löffel und Teller hatten, weiß ich nicht mehr.

Erinnern kann ich mich an dicken Haferbrei mit gelben, dickfleischigen, halben Pfirsichen als Kompott. Das schmeckte mir. Einmal in der Woche gab es Kakao aus einer großen Kanne und eine Dampfnudel dazu. Die Schulspeisung dauerte wohl ein Jahr lang.

Christa als 10jährige Schülerin der Volksschule in Sontheim/ Stubental. Die Schule besuchte ich gerne. Mühelos lernte ich Texte auswendig und konnte sie auch gut behalten. Rechnen, Deutsch, Singen und Religion waren meine Stärke. Geschichte interessierte mich nicht sehr. Turnen war eine Schwäche, da fand sich sogar im Abschlusszeugnis Kl. 8 eine 3. In Handarbeit war ich sehr geschickt und fleißig. Ich bekam jedoch öfter „Tatzen", das sind Schläge des Lehrers, der ein Meerrohr nimmt, seinen Arm ganz hochstreckt und dann den Stock ganz schnell nach unten führt und dann auf die Finger schlägt. Das tut sehr weh. Ich bekam Tatzen, weil ich geschwätzt habe.

Schulpause

Die Pause war ein wichtiger Teil des Schulbetriebes. Endlich durften wir springen, lachen, sprechen, essen und spielen. Die beliebtesten Spiele waren:

„Ringlein, Ringlein, du musst wandern, von dem einen Ort zum andern, das ist herrlich, das ist schön, Ringlein lass dich nur nicht sehn."

„Der Kaiser schickt Soldaten aus."
„Versteckspiele, Fangen."
„Grün, grün, grün sind alle meine Kleider..."
„Machet auf das Tor..."

Aber auch Abzählverse wie z.B. „Eins, zwei, drei, vier, fünf, sechs, sieben, in der Schule wird geschrieben, in der Schule wird gelacht, bis der Lehrer pitsch patsch macht". Oder: „Ich und du, Müllers Kuh, Müllers Esel, der bist du".
Für mich war das Vesper wichtig. Meist war es ein Leberwurstbrot mit selbstgebackenem Brot oder ein Apfel. Mein Appetit war immer gut.

Schulausflüge

Bei gutem Wetter, mit Vesper und einer Flasche Wasser aus der Leitung, trafen wir uns vor dem Schulhaus. Wir durften aufsteigen, nicht einsteigen, weil wir uns alle in einen großen Ladewagen oder Heuwagen setzten. Diesen zogen anfangs noch Pferde, später kam der Bauer mit dem Traktor. So konnten wir die ersten 4 km sitzen, bis zum Hirschtal. Dann marschierten wir ins Steinerne Meer. Nun war es auch Zeit zum Vespern. Gestärkt ging es durch Wald und Feld, auf kleinen Nebenwegen oder auf Heide. Nebenbei wurde von Herrn Ensinger die Fauna und Flora erklärt. Er war ein sehr guter Botaniker. Für jede Flechte, jedes Gräslein, jedes Tierlein hat er uns den Namen und die Art der Abstammung erklärt. Jede Vogelstimme wurde beachtet. Ab und zu sangen auch wir, z.B. „Auf du junger Wandersmann...".

Es war schon beachtlich, wie weit wir gelaufen sind. Einmal waren wir kurz vor Lauterstein, da bemerkten wir, dass aus der kurzen Lederhose des Lehrers weißer Stoff rechts und links wie zwei Lappen zu sehen waren. Heimlich wurde getuschelt, dass wir doch so nicht mit unserem Lehrer ins Dorf einmarschieren konnten. Aber ich sage ja meist, was die anderen denken. Beherzt ging ich zum Lehrer und sagte: *„Herr Ensinger, sie kälberet."* Ein Landkind weiß, wenn ein Kalb zur Welt kommt, dass dann etwas „he-

raushängt". Der Lehrer ging ins Gebüsch und rasch war die Peinlichkeit erledigt.
Vom Bauer wurden wir wieder mit dem Anhänger abgeholt. Für mich und alle anderen war es eine schöne Abwechslung. Muskelkater hatten wir am anderen Tag bestimmt alle.

Wohnhaus unseres Lehrers Ensinger

Strafarbeit

Als wir Hefte bekamen anstelle der Schiefertafeln, schrieben wir mit Tinte und Federhalter. Füllhalter hatte ich noch keinen. Kugelschreiber gab es auch nicht. So kam es oft vor, dass es Tintenkleckse gab und rasch das rosa Löschblatt benutzt werden musste. Einmal ist mir zu Hause das ganze Tintenfass umgefallen und die Tinte übergoss mein Rechenbuch.
Schulbücher waren rar und nicht so leicht zu ersetzen. Ich ging zu unserem Lehrer und zeigte ihm das Buch. Er ärgerte sich sehr. Als

Strafe oder Wiedergutmachung musste ich einen Nachmittag Holz tragen für den Herrn Lehrer. Irgendwie bekamen die anderen Schüler mein Missgeschick mit und mein neuer Spitzname war „Schmotzere“ (Schmiererin).

Letztes Kinderfest

Bis nach Steinheim waren es 2 km und wir mussten zu Fuß gehen. Dort wurde mit den vielen Steinheimer Kindern vor dem Rathaus der Festzug aufgestellt. Der Bürgermeister hielt eine Begrüßungsrede – kurz –, und die ganze Gemeinde sang.

Kinderfest 1952

Gemeinsam gesungenes Kinderfestlied:

Geh aus mein Herz und suche Freud
in dieser lieben Sommerzeit
an deines Gottes Gaben;
schau an der schönen
Gärten Zier und siehe,
wie sie mir und dir
sich ausgeschmücket haben.

(EG, von Paul Gerhardt, Lied 676)

Plötzlich setzte mit Pauken und Trompeten der Musikverein ein und marschierte allen voraus den Zanger Berg hoch, ca. 1 km. Dort am Waldrand war ein großes Wiesengelände. Es war der Festplatz. Die Vorführungen begannen. Ja, danach kam das Wichtigste: Jedes Kind bekam einen weißen Wecken, 1 Rote Wurst und 1 Getränk.
Für die Buben gab es einen Kletterbaum. Oben hingen schöne Preise: Taschenmesser, Turnschuhe, ein Ball usw. Wer bis zur Spitze kam, war glücklich und konnte sich einen Gewinn abzwicken.
Wir Mädchen gingen über den Zitterbalken. Wer nicht herunter fiel, konnte sich aus dem Korb einen Gewinn aussuchen. Ich ergatterte einmal ein Stück Stoff. Meine Mutter nähte davon ein Kleid.
Am Kinderfest trafen sich viele Bekannte, das war schön. Auch Nenntanten aus Heidenheim mit Kindern kamen. Mir gefiel dieses Fest immer sehr.

Das letzte Kinderfest war 1952. Bald ist die Kindheit zu Ende.

Im Mai 1953 ist Konfirmation und für mich erst mal das Ende der Grundschule. Deshalb wird dieses Kinderfest noch richtig fröhlich gefeiert. Wir studierten ein Singspiel: „Sitzt a kloin's Vogerl" ein. Vom Zanger Berg aus (Anhöhe) genießt jeder einen herrlichen Blick auf Steinheim und den Steinhirt. Umsäumt ist das Steinheimer Becken von Wald oder Heide. Es ist ein Glück, dass es so schön warm ist.

Musik im Hause Kaufmann

Meine Mutter war eine musikliebende Frau und eine sehr gute Klavierspielerin. Mit 6 Jahren kaufte ihr Vater, der Druckereibesitzer Johannes Gienger, 1914 ein Klavier für sie. Sie lernte bei einem Blinden das Klavierspielen. Wahrscheinlich konnte sie deshalb vieles ohne Noten spielen und auch in eine andere Tonart umsetzen (transponieren). Besonders schön fand ich es, wenn sie Walzer spielte. Auf diese Musik konnte ich gut herum tanzen. Mutter lehrte mich jedoch vorher den Walzerschritt.
Leider hatte meine Mutter nur sonntags Zeit zum Klavierspielen. Sie hatte die ganze Woche über Arbeit im Laden und im Haushalt. Kamen im Radio schöne Melodien, sagte Mutter: das ist der Walzer von Strauß, das ist von Franz von Suppé, von Emmerich Kálmán, Robert Stolz, Künnecke, aus Gräfin Mariza, vom Zigeunerbaron, aus der Lustigen Witwe, die Maske in Blau, die Fledermaus, von Johann Strauß, Sohn, aus Orpheus in der Unterwelt, von Jacques Offenbach, der Bettelstudent, von Albert Lortzing, aus Zar und Zimmermann. Es waren viele, viele bekannte Operettenlieder. Mutter konnte auch die Texte.
Da ich rasch auswendig lernen konnte und gerne gesungen habe, lernte ich diese Melodien und Texte auch teilweise. Meine Mutter fragte allerdings auch ab und zu nach. „Aus was ist das?" Oder

„Von wem ist das?“ Es war schön, dass sie uns auf diese Weise die Musik nahe bringen konnte.

Konzerte wurden übertragen von Mozart, Beethoven, Brahms, Schumann, Schubert, Bach, Händel, Chopin. Auch Arien aus Opern waren Mutter vertraut, da sie während ihrer Berufstätigkeit als Buchhalterin in Stuttgart so oft wie möglich die Staatsoper besuchte. Sie kannte Verdi, Puccini, Bizet und die Opern Aida, Tosca, Carmen, Nabucco, Rigoletto und Madame Butterfly.

Auf den Klavierdeckel, über den Tasten, durften wir nie etwas legen. Das war ihr sehr wichtig.

Flöten

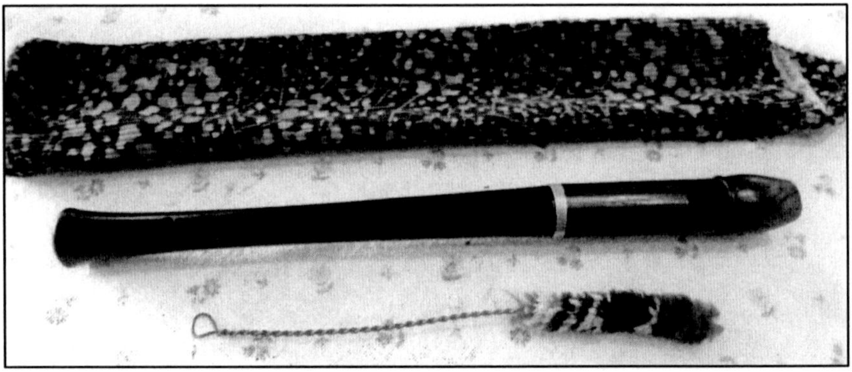

Zu Weihnachten bekam ich eine Flöte. Aber wer sollte es mir beibringen? Im Dorf waren in einer Bauernfamilie drei Töchter. Eine konnte flöten. Doch umsonst sollte sie nicht unterrichten. Geld hatten wir nicht viel. Aber in unserem Laden hatten wir auch Hefe. Sie war ja rationiert, d.h., jeder bekam Hefe nach Haushaltsgröße zugeteilt. Das war eine Möglichkeit. Die „Flötenlehrerin“ bekam also als Lohn 40 g Hefe. Das reichte für 1 kg

Mehl oder einen großen Hefezopf. Meine Flötenkünste waren sehr bescheiden.

Klavierunterricht

Der Klavierunterricht begann bei Herrn Gerd Lohmeyer am 30. Juli 1945 bis zum Mai 1946 für Christa und Werner Kaufmann.

Das erste war, den Violinschlüssel und einige Noten zu zeichnen. Ich war, als der Unterricht begann, 6 Jahre alt, mein Bruder Werner 8 ½ Jahre.
Herr Gerd Lohmeyer war ein junger Student und sehr nett. Er kam mit dem Fahrrad aus Heidenheim. Er musste sehr sparen. Einmal sagte er: „Ich fahre am Bäckerladen vorbei und sehe ins Schaufenster. Das muss reichen als Frühstück."
Einmal fragte er mich, wie meine kleine Puppe heißt. Ich sagte, Gerd. Warum? Fragte er. Meine Antwort: „Weil sie so dünn ist wie Sie!"
Schade, dass er nach einem Jahr ging. Er sagte oft zu mir: „Christa, wenn du fleißig übst, dann wird das was." Er ging nach Stuttgart an die Musikhochschule.

Dann kam eine Klavierlehrerin. Mitten im Klavierspiel konnte sie sagen: „Du hättest deine Fingernägel putzen können, sie sind schmutzig." Das störte meine Konzentration.
Donnerstags kam die Klavierlehrerin. Dann hat sie bei uns mit gegessen. Es gab Bücklinge. Das war damals etwas Besonderes und wir bekamen sie genau am Donnerstag frisch in den Laden. Sie hat sie sehr gemocht, ich dagegen gar nicht, weil es für mich zu schwierig war, den Bückling von seinen Gräten zu befreien. Aus diesem Grund bat ich meine Mutter um eine Ecke Schmelzkäse."

Im Sommer empfand ich die Überei im verdunkelten Wohnzimmer (wegen der Hitze) nicht sehr angenehm. Doch meine Mutter bestand darauf, dass ich meine Übungen erledige. Spielte ich falsch oder schlampig, passierte es, dass sie vom Laden aus rief, fis, cis, punktieren, binden! Oh, wie mich das ärgerte, weil ja im Laden Kunden waren. Da wünschte ich mir, ein Akkordeon zu haben anstelle des Klaviers, dann hätte ich an den Waldrand sitzen können und üben. Klavier gespielt hätte ich gerne, aber ohne zu üben. Aber das geht ja nicht. Übung macht den Meister.

An Weihnachten spielte ich jedoch vierhändig mit meiner Mutter die „Petersburger Schlittenfahrt". Ich hatte die Oberstimme, das war nicht so schwer. Das war toll.

Meine Nenntanten

Diese tüchtigen Frauen waren mir ein Vorbild und ich hatte sie alle sehr gern gehabt.
Sie waren Freundinnen meiner Mutter aus ihrer Heimat Weilheim/Teck und Oberlenningen.

Tante Else war aus Weilheim/Teck. Sie hatte in ihren schwarzen Haaren einen Silberstreifen, der war nicht eingefärbt, es war einfach ein Bündel grauer Haare. Das fand ich sehr interessant. Sie hatte zwei Kinder. Ihr Mann war im Krieg gefallen. Als die Amerikaner in Heidenheim eine Villa besetzten, war sie als Köchin angestellt. Ich durfte sie dort besuchen. Es war gerade außer ihr niemand in der Villa. Da sagte sie: komm mal mit! In der Speisekammer war ein großer Eisschrank/Kühlschrank. So etwas hatte ich ja noch nicht gesehen. Tante Else öffnete die Türe und holte eine große Dose heraus. Was mag wohl drin sein? Das ist Eis, Christa, sagte sie. Ganz gutes Vanilleeis. Sie gab mir ein Schälchen davon. Das schmeckte köstlich. Es war mein erstes Eis, das ich jemals gegessen habe. Ich war 8 Jahre alt und es bleibt mir in guter Erinnerung. Später, als die Amerikaner weg waren und die deutsche Familie wieder einzog, verließ Tante Else Heidenheim und wohnte wieder in Weilheim/Teck in ihrem kleinen Häuschen. So oft ich nach Weilheim kam, besuchte ich sie.

Tante Hilde und ihr Mann Oswin hatten zwei Kinder, Dieter und Erika. Sie waren in dem Alter wie mein Bruder Werner und ich.

Tante Hilde kannte meine Mutter durch die Turnfeste und Wettkämpfe im Raum Kirchheim. Später zog Tante Hilde von Oberlenningen fort und heiratete nach Heidenheim/Brenz. Meine Mutter zog von Weilheim/Teck weg und heiratete nach Sontheim/Stubental, 6 km von Heidenheim entfernt.

Tante Hilde konnte ausgezeichnet nähen, stricken und sticken. Einmal strickte sie mir eine wunderbare rote Wollmütze, die über die Ohren reichte. Die war mollig warm. Wenn meine Mama

Geburtstag hatte, stickte Tante Hilde schöne Kissen für das Sofa. Als es in der Stadt wenig zum Essen gab, kam sie mit dem Fahrrad zum Hamstern, das bedeutete, bei den Bauern fragen, ob sie nicht etwas Kartoffeln oder Eier oder Milch abgeben könnten. Die Waren wurden bezahlt, nicht getauscht. In ihrem Garten hatte sie viele Beeren, besonders viele Stachelbeeren und viele Kräuter, die ich nicht kannte. Auch allerlei besondere Blumen waren in ihrem Garten, die sie für Bilder presste. Auch mir schenkte sie eines.

Tante Helene war aus Weilheim/Teck. Ihr Vater hatte ein Nähmaschinengeschäft. Sie war auch eine gute Turnerin, wie meine Mutter. Auf den alten Fotos sieht man sie mit langen Zöpfen (und Brille). Sie heiratete und zog von Weilheim fort. Ihr Mann ist im Krieg gefallen und sie blieb mit der kleinen Heide allein (1 Jahr alt). Ihre Schwester – Tante Hanne – wohnte in Heidenheim in der Wiesenstraße. In dieser Straße wurde eine Wohnung frei und so zog Tante Helene mit ihrer Mutter und Klein Heide dorthin. Oft kam Tante Helene sonntags mit dem Fahrrad zu uns. Manchmal half sie meiner Mutter auch beim Lebensmittelmarken aufkleben. Da wurden alte Zeitungen mit Mehlkleister bestrichen und dann die Marken aufgeklebt. Auch ich durfte mithelfen. Weil es so langweilig war, immer nur eine Farbe aufzukleben, gestaltete ich ein Muster. Bestimmte Lebensmittel waren jedem Bürger zugeteilt. Es gab Marken für Brot, Fett, Zucker, Fleisch. Sie hatten verschiedene Farben. Ich sah das Muster auf der Lebensmittelkarte. Stolz zeigte ich es her. Meine Mutter war entsetzt. Ich hatte, ohne es zu wissen, ein Hakenkreuz geklebt. Morgen lieferst du die Bogen im Rathaus in Steinheim ab und sagst, dass du selbst es geklebt hast, sagte sie. Nach Steinheim war es 2 km. Ich musste zu Fuß gehen.

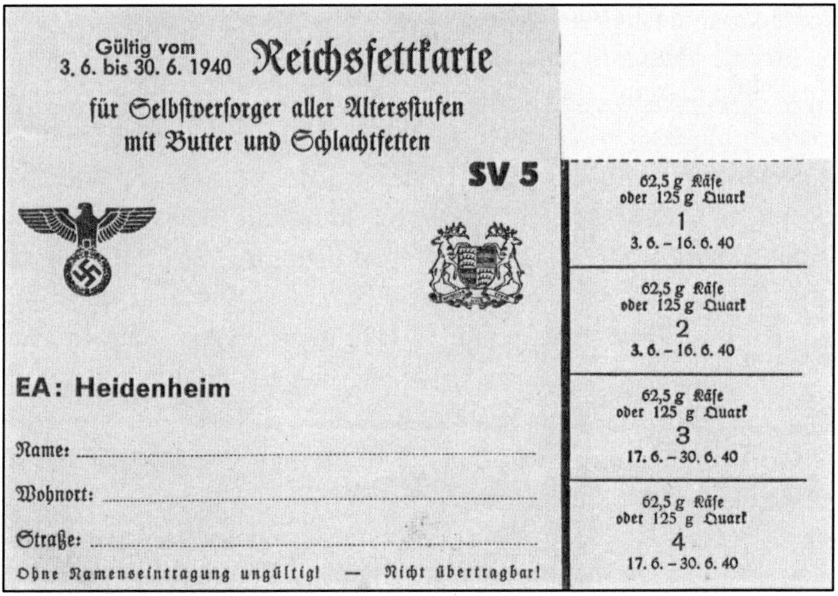

Gültig vom 3. 6. bis 30. 6. 1940 **Reichsfettkarte**

für Selbstversorger aller Altersstufen
mit Butter und Schlachtfetten

SV 5

EA: Heidenheim

Name: ……………………

Wohnort: ……………………

Straße: ……………………

Ohne Namenseintragung ungültig! — Nicht übertragbar!

62,5 g Käse
oder 125 g Quark
1
3. 6. – 16. 6. 40

62,5 g Käse
oder 125 g Quark
2
3. 6. – 16. 6. 40

62,5 g Käse
oder 125 g Quark
3
17. 6. – 30. 6. 40

62,5 g Käse
oder 125 g Quark
4
17. 6. – 30. 6. 40

Tante Helene konnte kunststricken. Das war toll. Herrliche Deckchen und sogar Tischdecken stricken, das war eine richtige Kunst.

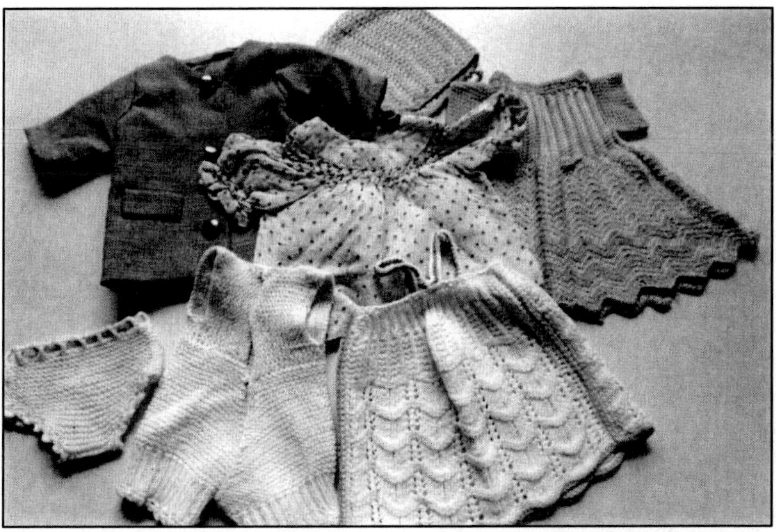

Für meine Puppe hat sie die allerschönsten Kleidchen gestrickt, vor allem für die Babette, das war die größere Puppe.

Meiner Mama hat sie auch gezeigt, wie man mir schöne Haarkränzchen flechten kann. Oma Schall, ihre Mutter, wohnte ja mit Tante Helene und Heide in der Wiesenstraße. In der Nebenstraße wohnte ein Bäcker, bei dem musste jede Woche 1 oder 2 Pfund Hefe für unseren Laden geholt werden. Wenn ich mit dem Fahrrad nach Heidenheim fuhr, um Hefe zu holen, besuchte ich Oma Schall. Tante Helene war ja als Verkäuferin berufstätig. Oma Schall hatte anderes Brot als wir. Wir haben zu Hause selbst gebacken. Auf dem Laib waren weiße Mehlkringel. Oma Schall schnitt eine Scheibe ab und strich Marmelade darauf, keine Butter. Zum Trinken gab es kalten Malzkaffee mit Milch. So war ich gestärkt und konnte die 6 km nach Sontheim mit dem Fahrrad (ohne Gangschaltung) heimstrampeln.

Tante Hanne war verheiratet und hatte zwei Kinder. Hans und Hannelore. Sie hat immer guten Pfefferminztee zubereitet und hatte einen herrlichen Blumengarten.

Am 18. Oktober 1948 feierte meine Mutter ihren 40. Geburtstag. Werner, mein Bruder, war 12 Jahre alt, ich 9 Jahre. Um diese Zeit gab es auf der Alb die ersten Zwetschgen. Diese wurden zu einem leckeren Zwetschgenkuchen verarbeitet.

Links Mutter, Tante Helene, Tante Else, Tante Hilde

Wir bekamen die Zwetschgen aus dem Nachbarort Küpfendorf. Mit Großmutter habe ich einen Streuselkuchen gebacken. Der Geburtstagskaffee war am Sonntag, als alle Zeit hatten. Unsere Gäste ließen es sich nicht nehmen, auf den Burschel, den Hausberg, zu steigen.

Unter den Geburtstagsgästen waren die Kinder Erika, Christa (weiße Bluse) und Heide. Wir 3 Mädchen haben schöne geflochtene Haarkränzchen. Im Hintergrund, rechts von Erika, ist unser großer Lindenbaum zu sehen, dahinter unser Haus.

20. Juni 1948 – Währungsreform

Der 20. Juni 1948 war für uns alle ein Tag mit schweren Folgen. Die geltende Reichsmark wurde 1:10 in Deutsche Mark herab gewertet.

Meine Großmutter besaß auf der Bank 6.000,--RM, das war zurück bezahltes Geld samt 4 % Zins von meinen Eltern für das Haus. Mutter bezahlte die letzte Schuld an Großmutter im März 1945 – 10 RM.

Großmutter hatte also nur noch 600,-- DM. Rente bekam sie ja keine, in der Krankenkasse war sie auch nicht. Meine Mutter bekam sehr wenig Kriegerwitwenrente. Jeder Bürger bekam 40,-- DM Kopfgeld ausbezahlt. Das waren für uns 4 Personen 160,-- DM. Später sollte jeder noch einmal 20,--DM erhalten. Mutter hatte schon vor einem Jahr ein Fahrrad für mich bestellt. In Söhnstetten beim Fahrradhändler. Er lieferte nicht. Doch kaum zu glauben, wenige Tage nach der Geldumstellung brachte der Fahrradhändler ein aluminiumfarbenes NSU-Damenfahrrad – kein Kinderfahrrad. Vom Kopfgeld musste es bar bezahlt werden, ungefähr 120,-- DM. Ich war 9 Jahre alt und nun hieß es, schnell Radfahren lernen, denn es waren ja viele Besorgungen zu erledigen.

Reichsmark

Meine Mutter hielt am Gepäckträger mein Gleichgewicht und ich trat in die Pedale. Der Sattel wurde nach meiner Körpergröße verstellt. So ging es auf die Straße. Mutter rannte hinterher.

Bald konnte ich es alleine. Ein Fahrrad zu haben war ein Luxus und gleichzeitig eine Notwendigkeit. In Heidenheim und Steinheim musste ich ja Besorgungen erledigen.
Nach der Währungsreform hieß das 1. Geld DM, deutsche Mark.

Der Gesangverein

1945 im Herbst wurde der Verein wieder aktiv. Für die Menschen im Dorf war es schön, doch einmal in der Woche aus dem Alltagstrott heraus zu kommen. Im Schulhaus wurde geprobt. Ich hörte die Leute singen, denn die Schule war ja hinter unserem Garten. So lernte ich viele Lieder mit, vor allem die 1. Stimme. Als dann Mutter aus der Singstunde kam, war ich zwar schon im Bett, schlief aber noch nicht. Mutter sang nämlich die Altstimme (2. Stimme). Sogleich übten wir zusammen das neue Lied. Es war ein wohl klingendes Duett von uns beiden im Schlafzimmer.
Z.B. das Lied: „Zuvor so lasst uns grüßen, von Herzen ....“ oder „Wo auf des Tales schmalen Weg, ein Wanderbursch am Bächlein *steht ...*“

Papa

In Sontheim wurde schon immer gerne gesungen. Bei der Aufnahme in den Verein sollte man mindestens 17 Jahre alt sein. 1921 hat der damalige Hauptlehrer Grünwald sich als Dirigent bereit erklärt. 1927 zog er weg. Der Gesangverein vergrößerte sich zur Freude der Ortsgemeinde dann unter dem Dirigenten und Lehrer Schick. Dann kam der Krieg. 29 Sänger, darunter auch mein Vater, mussten ins Feld. Viele sind nicht mehr zurück gekommen.

Kinderzeit – Spielzeit

Allein spielen mochte ich nicht gerne. So war es mir lieber, wenn am Sonntag gegen Abend meine Mutter und mein Bruder Werner mit mir spielten. Am beliebtesten war: Elfer raus, Fang den Hut, Mensch ärgere dich nicht (gibt es seit 1912), Halma, Flohhupfe, Mikado, alle Arten von Quartett, Legespiele. Mühle, Dame und Schach versuchten wir auch.

Unsere Mutter wollte, dass wir uns auch Wissen aneignen. Beim Dichterquartett spiekte ich ab und zu in Nachbars Karten, was eigentlich verboten war, doch mit der Zeit erkannte ich einige Dichter an ihrer Kopfform.
Name, Stadt, Land, Fluss, spielten wir oft. Da mein Bruder das Gymnasium besuchte, kannte er mehr Berge und Flüsse. Doch aufmerksam hörte ich zu und dann wusste ich auch, dass es den Popocatepetel (Vulkan) gab. Ein Würfelspiel hieß „Peterchens Mondfahrt". Da es zu teuer war, Spiele zu kaufen, hat meine Kusine Eva ein wunderschönes Blumenquartett gemalt.
Worte aus verschiedenen Buchstaben zu bilden war interessant für mich, manchmal aber auch anstrengend.

Bildchen sammeln und tauschen war auch beliebt. Vom Sanella Bilderdienst aus Hamburg-Bahrenfeld von der Margarine Union gab es sehr lehrreiche, große Hefte, um die Sammelbildchen einzukleben. Hefte über China, Afrika, Amerika usw. Die Berichte waren spannend geschrieben und so konnte das Wissen über Land und Leute vergrößert werden.

Spielsachen

Auf einem alten Kinderfoto ist zu sehen, dass wir doch allerlei Spielsachen besaßen (Kriegsweihnachten 1941):
2 Puppen, 1 Puppenwagen aus Korb, 1 schönen alten Sportpuppenwagen aus Holz. Das war etwas ganz Besonderes. Er war noch von meiner

Mutter (von ca. 1916). Ebenso ein eisernes Puppenbettchen mit Vorhang. Meine Puppen (Schildkrötpuppen) hießen Bärbel und Babette. Tante Helene hat für sie ja stets hübsche Kleidchen gestrickt oder genäht. Eine Puppenstube, noch von meiner Mutter, war um die Weihnachtszeit eine nette Spielmöglichkeit. Nach Weihnachten kam die Puppenstube wieder auf die Bühne. Ebenso die Eisenbahn und das Puppenbett.

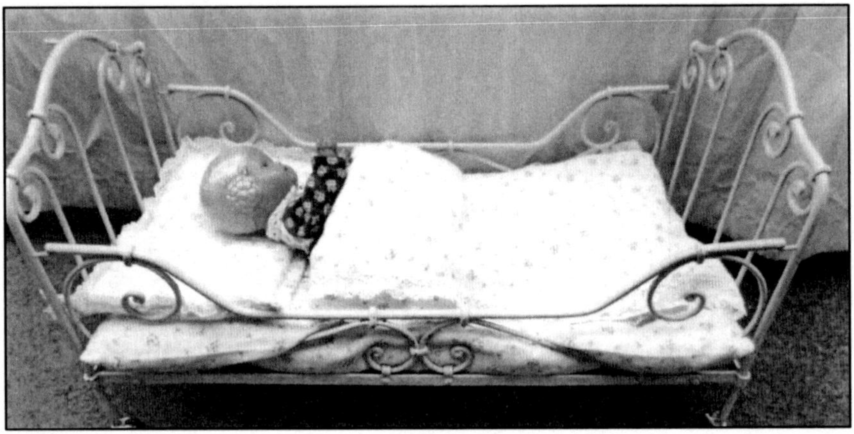

Das wunderschöne Puppengeschirr durfte ich auch benutzen. Am interessantesten war die kleine Kaffeemühle.

Auch diese hübschen Dinge waren noch aus meiner Mutters Kindheit. Mit meiner Freundin Karin habe ich Kakao getrunken und Brötle gegessen. Großmutter leistete uns oft Gesellschaft. Ein ganz besonderes Weihnachtsgeschenk war eine Puppennähmaschine. Sie hat funktioniert und ich hatte Spaß, damit zu nähen.

Auch der kleine Blechherd machte mir Freude. Kleine Esbitstückchen wurden angezündet und in den mit dem dafür vorgesehenen Blechschieber in den kleinen Herd geschoben. Die kleinen Aluminiumkesselchen wurden mit Wasser gefüllt. Kurz darauf kochte das Wasser. Vorsicht war geboten. Das Wasser wurde über die gemahlenen Kaffeebohnen geschüttet. Nach einiger Zeit war der Kaffee trinkfertig. Mit Milch und Zucker natürlich.

Mein Onkel Wilhelm erfreute mich mit einer kleinen Spätzlepresse, die er selbst anfertigte. Wenn Großmutter Spätzleteig herstellte, bekam ich etwas Teig, füllte diesen in die Presse und drückte die Minispätzle ins kochende Wasser. Diese schmeckten dann besonders lecker.

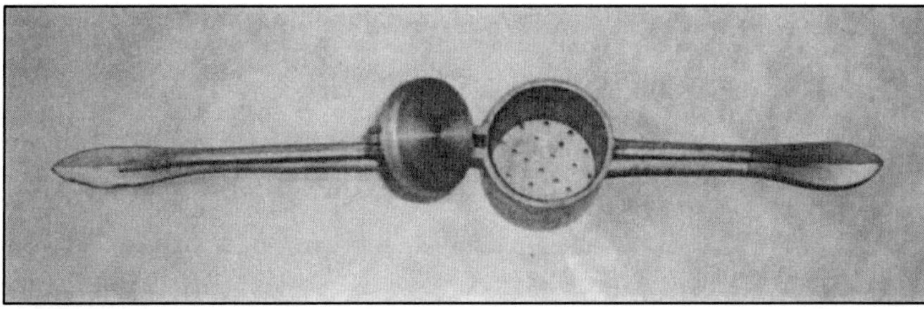

Spätzlespresse

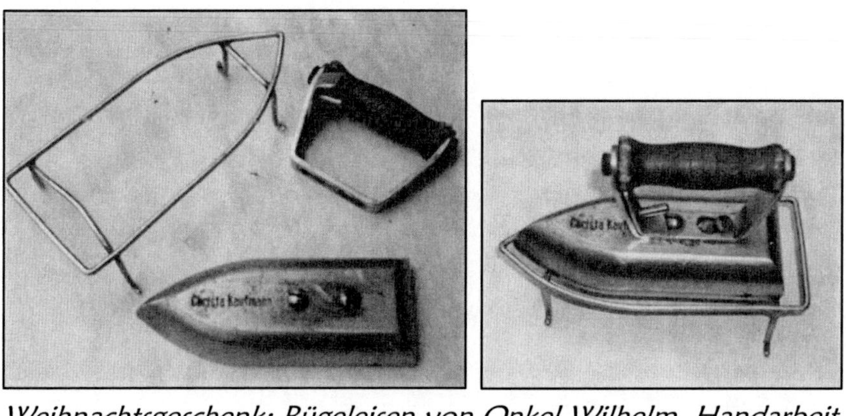

Weihnachtsgeschenk: Bügeleisen von Onkel Wilhelm, Handarbeit

Etwas ganz Praktisches von Onkel Wilhelm in Handarbeit hergestellt. Ein Bügeleisen mit Ständerle. Der Griff war abnehmbar. Dieses Stahleisen konnte ich in den heißen Ofen im Wohnzimmer stellen und den Griff abnahmen. Wenn das Eisen heiß war, konnte ich den Griff wieder einklinken. Auf den Tisch legte och ein Molton und dann bügelte ich Puppenkleider und Taschentücher. So ein tolles Bügeleisen gibt es nirgends mehr. Sogar mein Name Christa Kaufmann war eingraviert.

Spielsachen fürs Freie

Ein beliebter Spielplatz war bei der alten Schule. Unter einer großen Linde stand der „Bahnschlitten". Er hatte „Sommerferien". Er sah aus wie ein großes Dreieck aus Holz – sehr stabil. An die Deichsel wurden im Winter zwei Pferde angespannt. Sie zogen den Schlitten durch den tiefen Schnee. Dieser türmte sich rechts und links auf. Schnee hatte es in den Wintermonaten sehr viel in Sontheim.
Jetzt, in der schneefreien Zeit war es unsere „Hochburg". Viele Kinder trafen sich dort. Unserer Fantasie war keine Grenze gesetzt. Mal war es unser Schiff, unser Haus, eine Räuberhöhle usw. Turnen konnten wir an der Deichsel. – Die meisten Kinder mussten um 19 Uhr zuhause sein. Wir hatten zwar keine Uhren, doch die Turmuhr auf dem Schulhaus gab uns 7 Glockenschläge. Da hieß es dann: I muß jetzt hoim, sonst grieg ich Schempfe.

Ball, Stelzen, Hupfseil, Kreisel (Hexe), Dreirad, Holzroller, Fahrrad, Federballspiel, Schlittschuhe, Ski, Kreide zum Malen auf der Straße, Hopfspiel.
Möglichst immer dabei, der Dackelhund auf Rädern, der Waldi. Heißgeliebt von allen, d.h., es wurde um ihn richtig gestritten.

Mein vielgeliebter Waldi!

Unsere Gruppenspiele waren: Verstecken, der Kaiser schickt Soldaten aus, ich seh etwas, was du nicht siehst, Handball, Fußball, Wickele, wackele, alle Vögel fliegen hoch, Wettlauf, Blinde Kuh, Faules Ei.
Sehr beliebt war die Kugelbahn. Die Kugeln (Merbel) waren aus Ton oder Glas. Sie rollten durch die vertieften Holzlatten. Man konnte sehr gut alleine damit spielen.

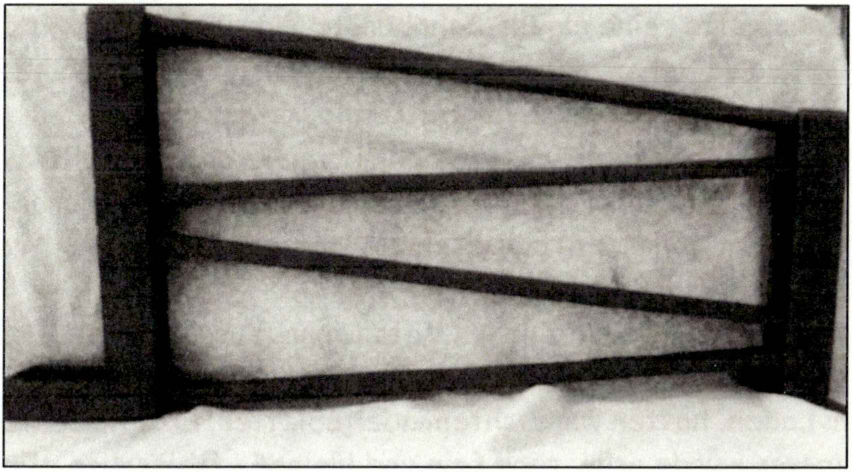

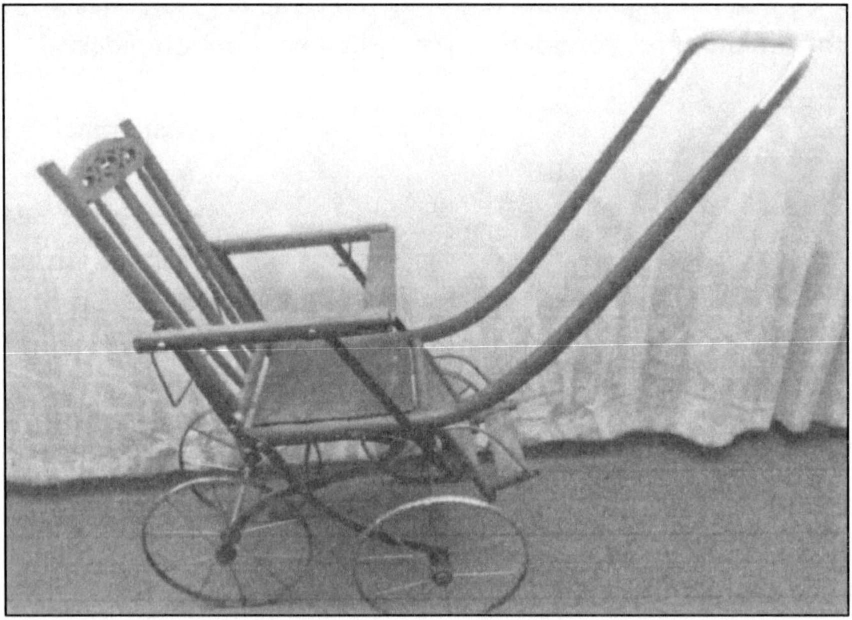

Dieser „Wagen“ war etwas ganz Besonderes. Lehne und Fußauflage waren verstellbar. Aus Mutters Zeit, 1916

Unser Alltag

Hygiene

Warmes Wasser kam nicht aus der Wasserleitung. Eine emaillierte Waschschüssel wurde mit kaltem Wasser gefüllt. Wenn auf dem Herd oder im Wohnzimmer im Wasserkessel warmes Wasser war, freute mich das. Ab und zu
durfte auch im elektrischen Kocher etwas Wasser erhitzt werden, damit das warme Waschwasser auch besser reinigte.
Jeder hatte seinen Waschlappen. Der hing im Freien am Küchenfenster. Im Winter war er gefroren, im Sommer war auch mal ein „Ohrenfitzeler“ drin.
Jeder hatte seine eigene Zahnbürste, was in diesen Jahren in vielen Familien noch nicht so selbstverständlich war. Wir verkauften ja im Laden auch Zahnbürsten und Zahnpasta. Es gab auch häufig Zahnbürstenwechsel.
Haarewaschen war Samstagnachmittags dran, alle 2 – 3 Wochen, wenn Mutter etwas Zeit hatte. Ich hatte sehr viele Haare, die zu langen Zöpfen geflochten waren. Im Sommer trockneten die Haare an der Sonne. War es kühl oder kalt, kam der Haarfön in Einsatz.
Manchmal wurde ein Zuber (Metallwanne) mit warmem Wasser gefüllt und ich konnte baden.
Im Laden hatten wir Fichtennadeltabletten. Eine halbe Tablette war erlaubt. Das Wasser wurde grün, roch fein und kleine Luftbläschen stiegen auf. Mutter holte mich aus der Wanne, schlang ein großes Badetuch um meinen Körper und trug mich in die Küche, d. h., sie setzte mich auf den Küchentisch. Damit bei dieser Aktion die Haare nicht nass wurden, trug ich eine Bademütze. Nun kam der Spaß. Ich wurde abgetrocknet und dann noch trocken gefönt. Ich hatte ein Nachthemd an. Ich erinnere mich noch

gerne daran, dass ich dann am Halsausschnitt die Knöpfchen nicht einknöpfte, sondern sagte: „Hier noch hinein fönen."

Manchmal trug meine Mutter mich huckepack gleich ins Bett, manchmal durfte ich noch auf das Sofa. Im Radio kam samstags oft ein Bunter Abend. Das war mein „Badevergnügen".

Gut, dass 1935 eine Toilette an unser Haus angebaut wurde, also kein Plumpsklo mehr im Freien. Ein klein wenig moderner. Neben der Kanne, die stets mit Wasser gefüllt sein sollte, zum Nachspülen und Sauberhalten der Toilette war eine Klobürste vorhanden. Auf einer Ablage stand ein Körbchen, gefüllt mit geschnittenen Zeitungsvierecken – zum Popo putzen.
Jegliche Hinterlassenschaft fiel in die Abortgrube. Diese musste von Zeit zu Zeit geleert werden – von Hand, mit einem Soichschapf.
Das war keine geruchlose Arbeit. Entweder wurde die Brühe auf die Miste im Hof geschöpft oder in Eimern in den Garten getragen, als Düngung.
Mutter verrichtete diese Arbeit, später auch mein Bruder.
Endlich gab es einen Latrinenwagen, der die Abortgrube mit einem Schlauch leerte. Dafür bezahlte Mutter gern.
Einmal stand der Latrinenwagen vor unserem Haus. Zwei Mädchen beobachteten alles. Sie hielten sich die Nase zu. Der Fahrer des Wagens sagte zu ihnen: „Und sind die Mädchen noch so schön, müssen sie doch ... gehen."

Was haben wir gegessen

Selbstgebackenes Brot, Eier von unseren Hühnern, Fleisch von unseren Hasen und Hühnern, Gemüse aus dem eigenen Garten, Kompott und Marmelade von eigenen Früchten. Lindenblüten

und Taubnesseln für Tee wuchsen am Haus. Wir haben viel Milch verbraucht. Mein Bruder trank sie gern und viel.
Mehl bekamen wir vom Bauern. Vor unserem Haus hatten wir einen Acker. Darauf wuchs Frucht. Der Acker war verpachtet. Anstelle von Geld bekamen wir Mehl. Kaufen mussten wir in Steinheim beim Metzger Wurst und Fleisch und ab und zu Brezeln. Samstags war Schule bis 12.00 Uhr. Die Geschäfte waren bis 18.00 Uhr geöffnet. Meist fuhr ich mit dem Fahrrad zum Einkaufen. In der Metzgerei Wittlinger kaufte ich fast immer dasselbe. Leberwurst für die Schulvesper, 100 g Schinkenwurst, 1 gerauchte Schinkenwurst am Stück, 1 Pfund Siedfleisch mit Knochen, sehr selten 1 Pfund Schweinebraten und 150 g Aufschnitt waren Luxus. Wir hatten doch keinen Kühlschrank zur Aufbewahrung. Speck wurde im Winter gekauft. In Würfel geschnitten und ausgelassen. Das war dann Schmalz. Die „Grieben" aßen wir erwärmt mit etwas Salz und trockenem Brot sehr gerne. Ab und zu bekamen wir 1 Stück Rauchfleisch geschenkt (an Geburtstagen).
Im Laden hatten wir Reis, Nudeln aller Art, Backzutaten, Butter und Käse. Im Winter verkauften wir auch Orangen. Äpfel bekamen wir aus Weilheim/Teck.
Wir mussten nie hungern. Üppig gegessen hatten wir nicht, Bargeld war knapp.
Mutter erhielt 40,70 DM Kriegerwitwenrente im Monat. Großmutter bekam für den Winter von der Gemeinde etwas Geld für Winterhilfe (Heizmaterial).
Samstagnachmittags genehmigten sich Großmutter und Mutter ab und zu miteinander 1 Flasche Bier. Das reichte meist noch für Sonntagabend zum Vesper. Diese 1 Flasche Bier holten wir beim Wirt nebenan, beim Rößle. Im Hauseingang dort war ein kleines Schiebefensterchen und eine Klingel an der Seite. Ein- oder zweimal drücken, das Klingeln wurde erhört, das Schiebefensterchen ging hoch, die Flasche Bier konnte gekauft werden.

Beim Mittagessen waren Großmutter, Mutter, Werner und Christa zusammen am Tisch. Großmutter betete: „Vater, segne diese Speise, uns zur Kraft und dir zum Preise."
Wir anerkennen im Tischgebet, dass Gott die Mahlzeit hat wachsen lassen. Wir danken und preisen ihn dafür. Wir bitten ihn, dass wir diese Gaben nicht missbrauchen, sondern dass sie Kraft zum Leben bringen. Gott segnet die Gaben dieser Erde, dass sie dem Leben dienen.

Meine Lieblingsspeisen

Hefeknöpfle mit Brösel geschmälzt, Rauchfleischknöpfle, Salate der Jahreszeit, Dampfnudeln mit salziger Kruste (Großmutter aß das Weiche, ich bekam die Kruste – Scherre – von ihr), dazu Sauerkraut und etwas Fleisch mit Soße, Spätzle und Hasenbraten, Apfelauflauf mit Vanillesoße, Blumenkohl mit Eierhaber, Kartoffelsalat, breite Nudeln, Soße mit gebratenem Hühnerfleisch, Schokoladenpudding mit Mandeln, Kartoffeln mit Ei und Bohnensalat und Sauerrahm.
Wir aßen viel Kartoffeln. Oft gab es auch abends Brotsuppe. Großmutter hatte Brot, wenn es etwas trocken war, in ganz feine Scheibchen geschnitten und auf einem Blech auf der Herdplatte des Kohlenofens in der Küche geröstet. Das Brot kam in eine Suppenschüssel, kochendes Wasser wurde darüber gegossen, etwas Salz mit braun geschmälzten Zwiebeln abgeschmeckt.
Ich aß fast alles. Der Appetit war sehr gut und Mutter sagte des Öfteren: „Christa hör auf mit Essen." Ich erwiderte: „Aber wenn's doch so guat isch."
Doch bei Roten Rüben konnte Großmutter noch so oft sagen, dass sie gut für das Blut sind, ich mochte sie nicht. Auch für gelbe Erbsensuppe konnte ich mich nicht begeistern.

Was haben wir gelesen

Großmutter las täglich die Zeitung und die Bibel, im Gesangbuch, im Losungsbuch und im evangelischen Gemeindeblatt.
Mutter las die Zeitung, das evangelische Gemeindeblatt und ein Buch, wenn sie irgendwo eines ausleihen konnte.
Mein Bruder und ich lasen die Bücher, die wir zu Weihnachten oder zum Geburtstag bekamen. Werner musste mehr Schulbücher lesen, da er das Gymnasium besuchte. Wenn er Gedichte lernen musste, hörte ihn Mutter ab und ich lernte mit, z.B. Schillers Glocke, der Erlkönig, Schimmelreiter, Wilhelm Tell, Iphigenie usw.

Das Poesie-Album

Zum Geburtstag wünschte ich mir eines. Es war „große Mode“ bei den Mädchen, ein Poesie-Album zu besitzen. Schließlich wollte ich auch ein Andenken an meine Schulkameradinnen und -kameraden haben. Mit hübschen Zeichnungen oder Blumenbildchen wurde das Blatt geschmückt. Alle gaben sich große Mühe.

Kleidung und Handarbeiten

Nähen

Kleidung besaßen wir sowieso nicht viel. Meine Mutter hat mir bis zur Konfirmation fast alles genäht: Kleider, Röcke, Blusen, Mäntel. Danach (nach meinem 14. Lebensjahr) nähte ich mir viele Sachen selbst. Wenn ich anprobieren sollte, war das jedes Mal für meine Mutter ein Graus. Da hieß es immer: „Steh doch jetzt mal ruhig hin, dreh dich rechts – nein – nicht so weit!"
Beide Seiten waren glücklich, wenn das Kleid passte. Das erste Kleid, das eine Schneiderin nähte, war das „Vorkonfirmationskleid" und das Konfirmationskleid.
Meine Mutter hatte in ihrem Laden auch Stoffe und Nähzutaten. So konnte ich mir selbst die passenden Knöpfe und Borten aussuchen. Meine Mutter hatte eine versenkbare Nähmaschine. Sie hatte diese 1934 in Weilheim/Teck bei dem Vater von Tante Helene Kiem, geb. Schall gekauft. Die ersten Versuche mit der Nähmaschine im richtigen Rhythmus zu treten, und dann eine gerade Naht zu bekommen, war ein großer Fortschritt für mich. Ich wollte ja selbst das Nähen lernen.
Gekaufte Oberbekleidung gab es kaum. Ja, Trainingsanzüge für den Winter. Meine Mutter zertrennte alte Kleidungsstücke und nähte schöne Sachen für uns davon. Sie war sehr geschickt darin.

Bei meiner Einschulung 1945 trug ich ein nettes gekauftes blaues Bleyle-Kleid. Das war etwas Besonderes. Als es zu kurz wurde, strickte meine Mutter am Saum an. Sie verlängerte es mit den Farben Weiß und Rot. Schnell hatte ich in der Schule einen Spitznamen: „Der Franzose".
Es waren die Farben der französischen Nationalflagge. Vielleicht wussten es die Kinder, weil bei uns im Dorf auch gefangene Franzosen bei den Bauern arbeiteten.

Schuhe

Es gab Gummistiefel (später), warme Hausschuhe (oft ein Weihnachtsgeschenk), ein Paar Halbschuhe geschnürt, ein Paar hohe Stiefel geschnürt, ein Paar Turnschuhe aus Leinenstoff, die mit einer milchigen Flüssigkeit eingepinselt wurden, wenn sie nicht mehr schön waren (flüssiges Schuhweiß) für das Kinderfest.

Ich hatte besondere Schuhe, die „Roten“, von Papas Leder-Sonderanfertigung von Herrn Weireter aus Steinheim. Überhaupt wurden unsere Schuhe sehr gepflegt. Oft hieß es Schuhe putzen, dann eincremen und blank polieren. Das habe ich nie gerne getan. Meine Großmutter wusste es und sie hat oft meine Schuhe geputzt. Wenn es aber meine Mama bemerkt hatte, hat sie geschimpft (ohne Erfolg).
Wenn ein starkes Gewitter kam, oder erwartet wurde, sagte die Großmutter: „Hier, in den Korb von jedem ein Paar Schuhe!“ Sie waren für uns kostbar und wertvoll.

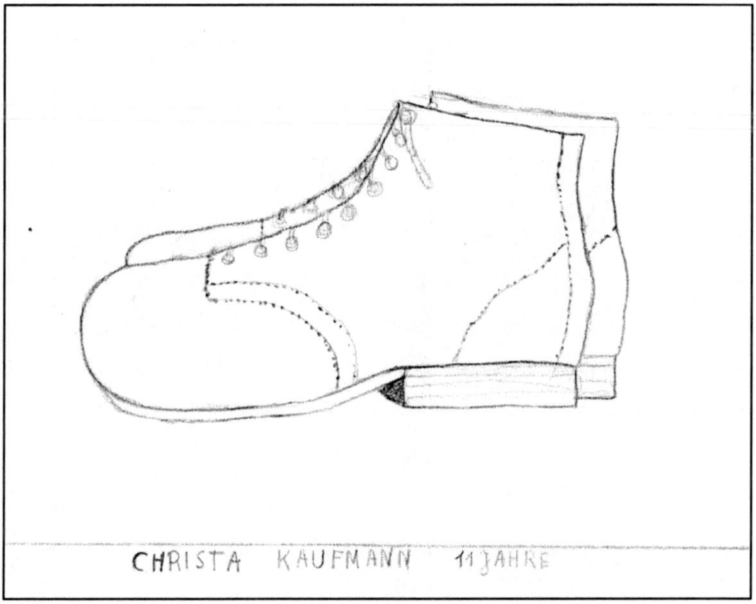

Stricken

Meine Mutter hat am Abend oder sonntags auch gestrickt. Wunderschöne Pullover. Großmutter strickte Socken, Kniestrümpfe und lange Strümpfe. An einem gestrickten Leibchen waren Strapse angenäht, die mit einem speziellen Verschluss versehen wurden. Meinem Bruder haben die Strümpfe immer in den Knien „gebissen" (gejuckt), so dass Mutter an diesen Stellen Stücke aus feinen Damenstrümpfen (die kaputt waren) einnähte. Zum Glück war ich nicht empfindlich. Mich kratzte nichts.

Im Laden gab es vielerlei Sorten und Farben an Wolle. In einem Winter, als ich 10 Jahre alt war, durfte ich mir Wolle für einen Pullover aussuchen. Ich wählte Grau und Grün. An einem Tag strickte ich auf einer Seite rechte Maschen, auf der anderen Seite linke Maschen – bis zum Armausschnitt ein großes gerades Stück und war stolz auf meine Leistung. Es hatte ja Freude gemacht. Mutter half beim Maschen abnehmen für den Armausschnitt. Rasch war der Pullover fertig. Zur Verzierung häkelte ich lange Luftmaschen in Grau und Grün, die in schönen Mustern aufgenäht wurden.

Einmal wollte ich meiner Mutter eine besondere Freude machen und eine Überraschung stricken – heimlich. Ein paar dunkelgrüne Fausthandschuhe.

Doch wie wird ein Daumen gestrickt? Wenn ich nach Steinheim musste, 2 km mit dem Fahrrad, fuhr ich bei unserer Handarbeitslehrerin Frau Sälzer vorbei. Sie hat mir bei diesem schwierigen Akt geholfen. Das war nett. Mama hat sich sehr gefreut über diese Handarbeit.

In der Herbst- und Winterzeit wurde es früh dunkel und ich konnte nicht mehr draußen spielen. Meine Mama hatte bis 19.00 Uhr den Laden geöffnet und so war es nötig, dass ich mich beschäftigen konnte.
Einmal bekam ich von Tante Emilie 1947 zu Weihnachten ein rundes Deckchen zum Aussticken.

Geschirrtuchhalter

Es bereitete mir große Freude. Im Laden gab es viele verschiedene Stickgarne in allen Farben. So durfte ich mir Garn aussuchen. In Karostoff nähte ich Borten aus Kreuzstichen und Mama verarbeitete ihn zu Schürzen.

Von meinem wenigen Geld kaufte ich in Heidenheim im Handarbeitsgeschäft vorgezeichnete Kissenhüllen. Das passende Stickgarn stibitzte ich im Laden. Gestickt wurde heimlich, meist bei einer Nachbarin, die geschneidert hat. So konnte ich zu meiner Mutter sagen, dass ich zur Nachbarin gehe und zuschaue, wie sie ein Kleid näht. Meine Mutter war stets dafür, dass ich etwas dazu lerne. Ja und so wurde der Sofa-Kissenbezug bis Weihnachten auch fertig.

Einmal habe ich eine anspruchsvolle Stickarbeit gekauft. Einen Überhang für den Handtuchhalter. Ich war 13 Jahre alt. Diese Arbeit mit dem Holländerpärchen war eine Jahresarbeit.

Häkeln

Häkeln hat mir nicht so viel Spaß bereitet. Doch einmal habe ich in rosa Baumwolle eine Hülle für die ovale Messingbettflasche gehäkelt, damit die Füße etwas vor der Hitze geschützt sind. Es war ein Weihnachtsgeschenk.

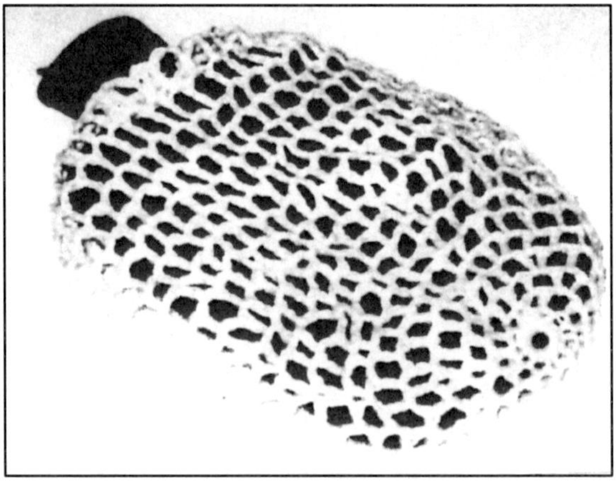

Waschtag

Vor 1949. Die Wäsche wurde in großen Zubern eingeweicht, getrennt nach Farben. Weißwäsche am nächsten Tag im Waschkessel gekocht. Wieder in Wannen gespült, dann mit einer Presse, die von Hand gedreht wurde, sozusagen ausgewunden, dass sie nicht mehr so nass und schwer war zum Aufhängen. Im Garten wurde das Wäscheseil von der Haspel gelassen und an irgendeinem Wäschepfosten festgemacht. Das Seil wurde mit Bohnenstangen gestützt. Wurde es nicht richtig gemacht, krachte alles zusammen und die Wäsche lag auf dem Boden.

1949 wurde in der Dorfmitte ein Mehrzweckhaus gebaut. Darin untergebracht waren:

Waschküche, Backhaus, Gefrieranlage, Molkerei.

Das neue Waschhaus war für die Frauen eine große Erleichterung. Es gab zwar noch keine vollautomatische Waschmaschine, doch die Wäsche wurde durch ein Kreuz im Bottich mechanisch hin und her gedreht. Gekocht musste trotzdem noch werden. Auch das Herausnehmen aus den einzelnen Großgefäßen mit einer Holzzange

war anstrengend und gefährlich, weil die Wäsche heiß war. Gut war an der neuen Einrichtung, dass es eine große Schleuder gab. War die Weißwäsche fertig, kam die Buntwäsche an die Reihe, dann die Feinwäsche. Als alles fertig war, kamen die Wäschekörbe mit der sauberen Wäsche in den Leiterwagen. Danach musste noch der ganze Waschraum geschrubbt und ausgespritzt werden. Sauberkeit und Ordnung mussten sein. Da es eine Gemeinschaftsanlage war, wurde ein jährlicher Beitrag verlangt. In einer Liste musste man „seinen“ Waschtag mit Namen eintragen.
Mutter hatte alle 4 Wochen am Mittwochnachmittag den Termin. Mittwochnachmittag war der Laden von 14.00 – 18.00 Uhr geschlossen.

Das alte Backhaus

Ich erinnere mich gut daran, dass ich ab und zu einen Blechkuchen – Zwetschgen- oder Apfelkuchen, zum Backhaus in der Dorfmitte trug.
Die große Teigschüssel wurde im Leiterwagen zum Backhaus gefahren. Bei der Rückfahrt waren die duftenden Brotlaibe darin. Obendrauf meist ein Hefezopf oder ein „Blatz“. Das gab es dann zum Mittagessen. Dazu Kaffee.

In der Weihnachtszeit wurden „Bredle“ gebacken. Bis ich nach Hause kam, fehlten meistens eine ganze Menge.

Das neue Backhaus

Es wurde 1949 erbaut.
Damit es keinen Streit unter den Frauen gab, wer wann backen durfte, wurde ausgelost. Namen und Uhrzeit wurde auf eine Tafel geschrieben. Das richtige Anfeuern war auch eine Kunst und da hieß es auch „Übung macht den Meister“. Die Frauen brachten das Holz im Leiterwagen oder in der Schubkarre mit.

Onkel Hans Kaufmann, Bruder von meinem mit 41 Jahren verstorbenen Großvater, holt „Wellen vom Wald“. Das sind dünnere Äste und Zweige. Man verwendet sie für das Feuer im Backhaus oder als Heizmaterial.

Meine Großmutter machte auch Brotteig mit Sauerteig und meist nahm sie die Teigschüssel unserer guten Nachbarn Wilmenbauer mit. Es reichte für 4 große Brotlaibe. Der Duft von frisch gebackenem Brot war etwas Einzigartiges. Wenn sie erkaltet waren, kamen die Brote auf die „Henke“ im Keller. Das war ein langes Holzbrett, welches in Seilen hing, unterhalb der Decke. Warum so weit oben? Damit kein Mäuschen sich mit frischem Brot den Magen verderben konnte.

Gefrieranlage 1949

Kühlschränke waren im Dorf zwar bekannt, doch für den Privathaushalt zu teuer. So war es ideal für die Bauern, dass sie eine Möglichkeit hatten, Fleisch oder Beeren einzufrieren, so dass z.B. nicht gleich alle Johannisbeeren zu Marmelade verarbeitet werden mussten.
Jede Familie, die einen Anteil an Platz wollte, bezahlte in die Gemeinschaftskasse. Das war eine gute Sache.
Für unsere Familie war es nicht nötig, da wir kein Fleisch zum Einfrieren hatten.

Die Molke

Sie war mitten im Dorf. Hier wurde von den Bauern die Milch angeliefert. Meist mit dem Handwagen in großen Milchkannen.

Die „Molke“ war der tägliche Treffpunkt vieler Menschen. Da wurden Neuigkeiten ausgetauscht. Viele Junge verabredeten sich auch zu einem kurzen Treffen bei der Molke. Meist wurden die Milchkannen mit dem Leiterwägele gebracht. Die Bauern von Küpfendorf kamen mit dem Pferdewagen. Erst später mit dem Traktor und Anhänger.

Dorfgemeinschaftshaus

Die Milch wurde gekühlt und dann an Privatpersonen abgegeben. Mit einem Henkelschöpfer wurde der leere Becher in die große Milchkanne getaucht, gefüllt mit ½ L Milch. Dieser wurde dann in die kleine Milchkanne gekippt. Wir kauften täglich 2 Liter. Wir waren 4 Personen und eine Katze. Mein Bruder trank besonders gern Milch.

Jeden Abend hieß es Milch holen. Mein Bruder Werner und ich wechselten uns ab, denn die Molke, wie wir sagten, war am Ortsende. Im Winter war es ja um 18.30 Uhr schon dunkel und es gab keine Straßenbeleuchtung. Nur ab und zu stand eine Beleuchtung. Wir waren froh, als eine neue Molkerei 1949 mitten im Dorf gebaut wurde.

Tuberkulosefreier Bestand –
Jeder Landwirt war froh,
wenn dieses Schild am Stall war.

Christa lernt melken!

Bauer Kölle wohnte mit seiner Frau am Ortsrand. Sie hatten einen Bauernhof, doch keine Kinder. Ab und zu habe ich diese Leute besucht. Einmal fragte mich die Bauersfrau Marie, ob ich nicht melken lernen wolle. Ja, sagte ich. Also gut. Ich bekam die bravste Kuh, die sich gut melken ließ. Zuerst wurde der Schwanz angebunden. Die Bäuerin setzte sich auf den Melkschemel, nahm einen Eimer zwischen die Beine und zeigte mir, wie ich die Zitzen am Euter richtig drücken muss, damit Milch wie ein Strahl in den Eimer kommt. Ich habe es probiert und es klappte nicht gleich. „Morgen kannst du wieder kommen, Christa“, sagte die Bäuerin freundlich.

Foto: Hermann Ensinger

Nach einer Woche konnte ich melken. Die Bäuerin schenkte mir als Lohn 2 Liter Milch. Damals kostete 1 Liter Milch 34 Pfennig. Für 30 Pfennig, d.h., für 60 Pfennig verkaufte ich die Milch an meine Mutter. Sie sparte 8 Pfennig und ich verdiente 60 Pfennig! Auf meinem Nachttisch stand mein Sparbüchsle. Darauf stand ATA. Es war kein Schlüssel dabei. Wenn es voll ist, wird die Pappdose einfach aufgeschnitten. So freute ich mich sehr, wenn die Sparbüchse sich immer mehr füllte. Ich hatte ja sonst keine Einnahmen.

(Aus einem Schüleraufsatz)

Die Kuh

Die Kuh ist ein europäisches Haustier. Sie ist überall. Sie ist mit Rindsleder überzogen. Hinten hat sie einen Schwanz mit einem Pinsel dran, damit jagt sie Fliegen fort, denn sie könnten in die Milch fallen. Vorne ist der Kopf, wo die Hörner dran wachsen und das Maul drauf Platz hat. Die Hörner braucht die Kuh zum Stoßen und das Maul zum Brüllen.
Unten an der Kuh hängt die Milch, sie ist zum Ziehen eingerichtet, wenn man dran zieht, so kommt die Milch heraus. Die Milch wird niemals alle, die Kuh macht immer mehr; wie sie das macht, haben wir noch nicht gehabt. Der Mann der Kuh ist der Ochse. Er sieht genauso aus wie die Kuh, nur hängt ihm keine Milch dran. Darum ist er auch kein Säugetier, und man gebraucht ihn zur Arbeit. Der Ochse ist auch ein Schimpfwort.
Die Kuh lebt vom Gras, und wenn das Gras gut ist, macht sie gute Milch, und wenn das Gras schlecht ist, macht sie schlechte Milch, und wenn es donnert, wird sie sauer. Sie braucht wenig Nahrung, was sie einmal gegessen hat, isst sie immer wieder, weil sie alles wiederkaut, bis sie satt ist. Mehr weiß ich nicht.

Freunde

Freunde sind etwas sehr Wichtiges. Ohne sie lebt man nur halb. Kontaktfreudig war ich schon immer. Namen wie „Hopfensitz, Wildfang, Hurrassel“ und manch schwäbischer Ausdruck wie „Bubenfitzeler“ wurden gebraucht. Zum Spielen braucht man eben Freunde. Ob Mädchen oder Buben, mir war es gleich. Leider hatten die Kinder von den Bauernhöfen nicht so viel Zeit, wie die Kinder der Zugezogenen.

Es gab keinen extra Spielplatz. Das ganze Dorf, Wald und Wiesen waren interessante Plätze zum Spielen.

Meine beste Freundin war Karin. Sie kam mit ihren Eltern aus Jena. Sie hat hochdeutsch gesprochen. Das Foto entstand an ihrem Geburtstag. Karins Mutter war eine sehr liebe, feine Frau (Bildmitte).

Links: Karin, rechts Marta Junginger, rechts Wiltrud Bürger, links ich, Christa.

Für meine warme Strickjacke spann Mama selbst die Wolle. Mit Karin ging ich auch öfters zu einem Wassergraben. Wenn ich einen Frosch fand, steckte ich ihn in die Schürzentasche und zeigte ihn zuhause. Natürlich brachte ich ihn wieder in den Graben zurück.

Tannenzapfen sammeln

Das hat mir Freude bereitet.
Mehrere Kinder waren im Wald beieinander. Zapfen der Tannen gab es genug – man musste nur wissen – wo!
Schnell war ein Sack gefüllt. Man musste diesen gut zubinden, damit unterwegs nicht verloren ging. Unsere „Schätze" wurden auf das „Leiterwägele" geladen und lustig im Galopp ging es heim Zum Feuer anzünden waren die trockenen Zapfen sehr geeignet. Es knisterte im Ofen, bald ist's warm!

Tannenhonigsirup

Im Mai / Juni gingen wir sonntags in den Wald. Mutter sagte, dass uns der Förster nicht sehen dürfe. In der Not versuchten die Mütter allerlei. Die hellgrünen Spitzen der Tannen/Fichten wurden mit den Fingern abgezwickt. Mutter kochte sie, es roch gut und es gab Sirup.

Die „Schubkarre“

war ein wichtiges Transportmittel und fehlte in keinem Haus. Wer einen Stall hatte, benötigte sie als „Mistkarre“. Der Kuhmist, auch Pferde- und Saumist wurde vom Stall zur Miste transportiert. Auch „Wellen“ und „Büschele“ wurden zum Backhaus gefahren, zum Feuer anzünden. Dazu benützte man eine andere, saubere Schubkarre. Das frisch gebackene Brot kam in eine Wanne oder große Schüssel. Mit Freude wurde es heimgefahren durchs Dorf. Man musste das Gleichgewicht halten, damit nichts ins Rutschen kam und herunterfiel. Mir war die Schubkarre zu schwer, ich nahm lieber das „Leiterwägele“.

Erziehung

Ob ich ein „böses“ Mädchen war, kann ich nicht beurteilen. Dass mir ständig neue Ideen kamen, dafür konnte ich nichts. Am liebsten habe ich dann bestimmt, wie die Idee umgesetzt werden konnte. Meiner Mutter passte wohl nicht, dass ich vorlaut war. So gab es ab und zu eine gewischt. Schlimmer war es, wenn der Teppichklopfer in Aktion war.

Warum? Ich weiß es nicht mehr. Wenn ich sah, dass Mutter den Teppichklopfer aus dem Keller holte, bin ich erst mal um den Küchentisch gerannt, Mutter hinterher – mehrere Runden –, bis sie mich erwischte. Dann gab es Klopfe, aber ordentlich auf den Hintern. Da war ich zwar gut gepolstert, aber weh tat es trotzdem.

Mein Bruder dagegen war ja brav. Er bekam nie Dresche.

Zu meiner Zeit waren 1 ¼ Millionen Kinder ohne Vater, ½ Million der Väter noch im Krieg. Für die Kinder galt: gehorchen, einreihen, brav sein. Hauptsache es funktioniert alles. Die Kinder müssen selbständig werden. Alles, was nicht NORM war, war auffällig. Kleine Dinge wurden ernst genommen und dann kam die Drohung: du kommst ins Heim.

Küssen war verboten, Lippenstift sowieso. Widersprechen, auch nicht der Mutter, das durften die Kinder nicht. Strenge Erziehung, Anpassung an die Ansprüche der Eltern.

Meine besondere Beziehung zur Peterskirche in Steinheim

Im Juni 1939 wurde ich in Steinheim getauft.

Mein Patenonkel kam mit einem Opel mit seinen Kindern Margret, Karl und Eva sowie meiner Großmutter Karoline (hält mich als Taufkind) aus Weilheim/Teck.

Weitere Personen auf dem Bild sind in der Mitte meine Eltern, daneben Hebamme Marie, meine kleine Großmutter Apollonia, Patentante Marie mit Sohn Kurt und mein größerer Bruder Werner mit weißem Hütchen.

Als ich größer war, besuchte ich sonntags den Kindergottesdienst. Wir mussten von Sontheim über den Steinhirt laufen, ein 2 km langer Weg.
Im Kindergottesdienst hörten wir biblische Geschichten von den Kinderkirchhelferinnen. Zum Schluss wurde das Vaterunser gebetet. Jeder bekam einen Jugendfreund. Schon auf dem Heimweg lösten wir die Versteckrätsel. Da es sonntags immer etwas Gutes zum Essen gab, und Nachtisch, war die Vorfreude auf das Mittagessen groß.

Steinheim a. R. (1920)
R. Hamm.

Kriegerdenkmal

Auf dem Weg nach Steinheim über den Steinhirt gab es auf der Höhe einen Weg nach links. Er führte zu einer Gedächtnisstelle der gefallenen Soldaten im 2. Weltkrieg. In der Mitte des von Hecken umsäumten Rund stand schon ein Obelisk zum Gedächtnis der aus dem 1. Weltkrieg gefallenen Männer aus Steinheim und Umgebung. Rings im Kreis waren symbolisch viele kleine „Gedenkstellen", ca. 40 x 60 cm mit einem kleinen Holzkreuz mit Namen, eingefasst von großen Kieselsteinen. Der Name meines Vaters, Christian Kaufmann stand gleich rechts am 1. Grab. Oft brachte ich ein kleines Blumensträußchen an diesen Platz. Meist zupfte ich es unterwegs auf den Wiesen.
So war das für mich als Kind ein Plätzchen, wo ich an meinen Papa dachte, obwohl ich ihn nicht kannte. Als er in den Krieg einberufen wurde war ich 2 Jahre alt. Für viele gefallene Väter aus meiner 1. Klasse in Steinheim gab es diese Gedenkstätte.
Ab meinem 10. Lebensjahr ging ich mit meiner Mutter in den Hauptgottesdienst um 9:30 Uhr. Wir saßen auf unserem angestammten Platz auf der Kanzelseite. Von unserem Platz aus sah ich die Namenstafel der Gefallenen, direkt unterhalb der Empore.

Auch an meinen Vater Christian Kaufmann, geb. 27. April 1908, gefallen 2.2.1942 in Russland, wurde erinnert.
Mein Bruder gehörte zu den Männern, diese saßen getrennt auf der Empore in der Nähe der Orgel oder vom Westeingang her auf der linken Seite.
Herr Weireter war der Organist an der Orgel und leitete auch den sehr guten Kirchenchor.
Z. B. das angeschlagene Lied 449, EG:

Die güldne Sonne voll Freud und Wonne,
bringt unsern Grenzen mit ihrem Glänzen
ein herzerquickendes liebliches Licht.
Mein Haupt und Glieder, die lagen darnieder,
aber nun steh ich, bin munter und fröhlich,
schaue den Himmel mit meinem Gesicht.

Paul Gerhardt 1666

Samstagskehren

Unser Dorf sollte sauber sein, darauf wurde großen Wert gelegt. Es war selbstverständlich, dass am Samstag, Spätnachmittag, die Straße gekehrt wurde. Es sollte am Sonntag sauber sein im Dorf. Besonders in der Heu- und Getreideerntezeit lag immer Heu und Stroh auf der Straße. Mir gefiel es, wenn alles „sonntäglich" war. Schließlich war der Sonntag für das bäuerliche Dorf kein Tag wie jeder andere. Natürlich musste auch am Sonntag gefüttert, gemolken und gemistet werden.
Mein Bruder und ich haben uns mit dem Kehren abgewechselt. Samstags wurde auch das Fahrrad geputzt und für den Sonntag ein Kuchen gebacken. Ab meinem 10. Lebensjahr fing ich mit Freude an, Kuchen zu backen. Da der Kuchen so durch das Haus duftete, wurde er schon am Samstagmittag angeschnitten und Mama machte Lindes-Kaffee dazu – der schadete niemand.

Sonntag

Unsere Mutter hat nur sonntags Klavier gespielt. Das bereitete ihr Freude. Klavierspielen ist ja „nix geschafft“, und das kann man sich nur sonntags leisten. So war das auf dem Dorf!

Wer konnte, der ging nach Steinheim in die evangelische Peterskirche. Der Fußweg über den Steinhirt war ca. 2 km lang. Schneller ging es mit dem Fahrrad. Ein Auto hatte in den 50er Jahren fast niemand. Mit dem Traktor fuhr keiner zur Kirche. Ich kann mich nur an Christelesbauer erinnern. Er hatte eine Jagd und dadurch ein Auto.

Am Sonntag war eine weiße Tischdecke auf dem Wohnzimmertisch. Meist gab es Brezeln mit Butter, die am Samstag in Steinheim gekauft wurden. Brezeln waren Luxus. Hefezopf oder Schwarzbrot mit Butter und Marmelade. Kakao oder Lindeskaffee mit Milch gab es dazu. Wenn das Wetter es erlaubte, gingen wir fast immer in den Wald oder bis nach Küpfendorf – ein Dorf in der Höhe. Es ging 3 km den Berg hoch und später wieder hinunter. Wenn wir den Kuckuck hörten, schüttelten wir den Geldbeutel, weil Mutter sagte, dann ginge das Kleingeld nicht aus. Abends spielten wir allerlei, wenn meine Mutter mit der Buchführung fertig war. Der Sonntag war Ruhetag.

Am Nachmittag sind wir auch oft zu dritt mit dem Fahrrad weg gefahren. Auf dem Gepäckträger hatte Mutter eine Schachtel. Wir fuhren z.B. auf die Alb und manchmal fanden wir Äpfel unter einem Baum, die wir dann mitnahmen. Besuch kam unangemeldet, da wir ja kein Telefon hatten. Oft kam Nenntante Helene mit Heide oder eine Witwe aus Steinheim mit ihrer Tochter, die so alt war wie ich.

Am Sonntag spielte Herr Weireter die Orgel. Er dirigierte auch den Kirchenchor. Herr Weireter nähte mir jedes Jahr vom übrigen Leder von unserem Papa ein Paar Schuhe. Ich bekam wunderschöne dunkelrote (weinrote) Halbschuhe. Dazu eine Tasche, einen Geldbeutel und ein Füllermäppchen. Das war etwas Besonderes.

Mein ganzer Stolz war die rote Ledertasche für sonntags und für Feste.

Sonntags wurde bei den Bauern in Sontheim um 11.30 Uhr gegessen, damit man „fertig" wurde, um einige Stunden bis zur Stallarbeit, gegen 17 Uhr, frei zu haben. Freizeit, das hieß ausruhen oder Besuche machen oder auch Besuch bekommen.

Das traditionelle Sonntagsessen war Braten, Spätzle oder breite Nudeln, Kartoffelsalat, grüner Salat oder was im „Gärtle" gewachsen war. Gurken, Rettich, Bohnen, Tomaten – für Salat. Zum Nachtisch vielleicht Schokoladenpudding.
Wenn die Zeit reichte, gab es mittags auch Kaffee mit Hefezopf oder Obstkuchen, der Jahreszeit entsprechend.

Im Kleiderschrank waren 1 – 2 Kleider oder Rock, Bluse, Strickjacke, die nur am Sonntag angezogen wurden. Auch die Männer waren im „Sonntagsstaat".

Verkehrsverbindungen

In unserem Dorf gab es nur 5 Autos. Einige Bauern hatten schon einen Traktor. Nicht jeder Hof hatte Pferde. Das Hauptverkehrsmittel war das Fahrrad. Doch es gab noch das Postauto. Der Busfahrer nahm auch die Post mit. Es fuhr ca. 3mal täglich durch unser Dorf. Es kam aus Göppingen und fuhr bis Heidenheim und dieselbe Strecke wieder zurück. Die Haltestelle war am Sontheimer Wirtshäusle oder im Dorf.

Sontheimer Wirtshäusle

Omnibusverbindung: Gerstetten, Sontheimer Wirtshäusle, Heidenheim.

Wenn im Winter noch Schnee auf den Straßen lag, konnte mein Bruder nicht mit dem Fahrrad nach Heidenheim zum Hellensteingymnasium fahren. Im Omnibus von Grüninger saßen auch die Gerstetter Schulkameraden. Das Busfahren war teuer. Nur in Ausnahmefällen nahm mein Bruder den Omnibus.

Briefträgerin – Sie kam mit dem Fahrrad von Steinheim. Eine große Ledertasche hing um ihre Schulter. Post gab es nicht so häufig. Es wurde keine Reklame ausgeteilt. Doch zu Geburtstagen und Festen haben die Leute schon geschrieben. In meiner Kinderzeit hatten Privatpersonen kein Telefon.

Omnibusverkehr nach Gerstetten

Telefon

Ein öffentliches Telefon war nur im Gasthaus Rößle. Wenn dort jemand angerufen hat, um uns etwas sehr Wichtiges in Eile mitzuteilen, klingelte im Rößle das Telefon. Dann kam eines der Beißwanger Kinder und holte meine Mutter an das Telefon. Mutter sprang dann rasch durch Nachbars Hof. Wenn Mutter z. B. telefonieren wollte, musste sie ebenso ins Rößle. An einem Zähler konnte abgelesen werden, was das Gespräch kostete. Wir hatten auch später kein Telefon.

Der Wedel kommt – Hochwasser in Sontheim

Ja, so was! Wir haben keinen Bach und keinen See. Es hatte stark geregnet, der Boden war gefroren und konnte kein Wasser mehr aufnehmen.
Aus dem Eseltal und dem Mauertal schossen die Wildwasser Richtung Sontheim. Das Wasser staute sich am Sontheimer Wirtshäusle an der Brücke. Zu beiden Seiten dehnte sich das Wasser aus. Es stand hoch auf den Wiesen.

Ich war 8 Jahre alt und ging bis zu Eiseles Haus. Mein Schulkamerad Karl setzte sich mit mir in einen hölzernen Waschtrog. Mit Bohnenstangen sind wir gerudert, besser: „Stocherkahn“ gefahren. Das Wildwasser – der Wedel genannt – schoss durch sein flaches Bett nach Heidenheim, durch die Stadt, bis zur Brenz, wie ein reißender Strom. So stand es in der Zeitung.

Dorfleben

In unserem Dorf Sontheim i. St. gab es Gewohnheiten und Bräuche, Dinge und Tätigkeiten die sich im Jahreslauf wiederholen.

Maul- und Klauenseuche

Aphthenseuche: anzeigepflichtig, durch Virus
hervorgerufene, fieberhafte Seuche des Klauenviehs,
Rohe Milch des verseuchten Viehs ist für Menschen infektiös,
Die Maul- und Klauenseuche verursacht hohe Verluste
im Viehbestand.
Letzte große Welle in Mitteleuropa 1937/38 und 1950 bis 1952
Quellenangabe: Bertelsmann Lexikon Band 3 Seite 117 von 1959

Sägemehl wurde um den Hofeingang gestreut und wahrscheinlich war ein Infektionsmittel beigegeben. Wegen der Ansteckungsgefahr oder der Übertragung durften die Hofbewohner nicht in unseren Laden/Geschäft. So hing eine Tasche am Haus (Telefon gab es nicht), in welcher ein Zettel lag auf dem stand, was in der Familie nötig gebraucht wurde. Z. B. Backpulver, Zucker, Haferflocken, Zwieback, Margarine, Hefe, Hustenbonbons, Pflaster, Tee, Salatöl, Essig und Salz, Suppennudeln. Was diese Waren kosteten wurde auf einen Zettel geschrieben und der Betrag dann in ein „Schuldenheft“ eingeschrieben.
Die notwendigsten Lebensmittel wie Mehl für Brot, Eier, Milch, Butter, Kartoffeln, waren auf den Höfen vorhanden.

Schlachttag

Im Winter wurde die Sau gemetzgert. Die Bauern machten selbst die Wurst. In unserem Laden kauften sie Papierdärme, Gewürze, wie weißen und schwarzen Pfeffer, Piment, Paprika, Muskat. Wer uns gut kannte, brachte uns in einer Milchkanne Kesselfleisch. Das war gekochtes Schweinefleisch. Wir aßen es zu Sauerkraut oder vesperten es kalt mit Brot und Senf. Auch Sülze wurde damit gemacht. Ich mochte das alles sehr gerne. Wenn bei meinem Onkel Wilhelm geschlachtet wurde, durfte ich das Kesselfleisch in verschiedene Häuser tragen. Manchmal bekam ich dann 1 oder 15 Pfennig und freute mich sehr. Menschen, die weniger Geld hatten als andere, gaben mir am meisten. Meine Tante machte gutes Griebenschmalz. Auf frisches Brot gestrichen und mit Salz darüber war das etwas Besonderes.

Fleischverkauf

Wenn eine Kuh über das Futter einen Eisendraht oder Nagel aufnahm, wurde sie krank, fraß nichts mehr, hatte Schmerzen. Sie musste notgeschlachtet werden. Der Fleischbeschauer untersuchte das Fleisch, ob es Trichinenfrei war. Dann kam das Rindfleisch zum Verkauf. Der Dorfbüttel ging mit einer Schelle durch das Dorf und verkündete, wo das Fleisch zu verkaufen war. Mir wurde von Großmutter eine Aluminiumschüssel anvertraut (sie war leicht und unzerbrechlich). Ich ging zu dem benannten Bauern, in dessen Scheuer ich dann ein Stück Fleisch kaufen konnte. Es war billiger als im Metzgerladen. Meist kochte bei uns Großmutter. So gab es gekochtes Rindfleisch für eine gute Nudelsuppe. Das Fleisch wurde klein geschnitten. Der restliche Teil wurde gleich als Rinderbraten zubereitet. Wir hatten keinen Kühlschrank, um das Fleisch länger aufzubewahren.

Im Oberdorf, Fetzers Hof, hinten Stalltür mit Fleischabgabe

Die Kartoffeldämpfe

Im Spätherbst, wenn die Kartoffeln geerntet waren, kam ein Mann zu unseren Nachbarn auf den Bauernhof mit einer größeren Maschine. Was damit gemacht wurde, verstand ich technisch nicht. Ich wusste nur, dass viele Kartoffeln weich gedämpft wurden und dann sehr fest in ein Silo gestampft wurden. Das Silo wurde sehr gut abgedeckt. So war den Schweinen ihr Futter gesichert. Großmutter sagte zu mir: Hier hast du eine Schüssel, geh zum Wilmenbauer. Die Bäuerin gibt dir gekochte Kartoffeln. Dann gibt es davon guten Kartoffelsalat!
Der Kartoffeldämpfermann ging dann weiter zum nächsten Bauern. Für diese Dienstleistung musste der Bauer bezahlen.

Wir hatten einen sehr großen Gemüsegarten, in dem alles angepflanzt wurde, was wir 4 Personen benötigten. Im Herbst wurde das Weißkraut geerntet. Die welken Blätter wurden von den Krautköpfen entfernt. Wir hatten wohl 8 schöne große Kohlköpfe. Sie mussten gehobelt werden, denn es sollte Sauerkraut daraus entstehen.

Eine nette, freundliche, kleinere Frau kam mit einem großen Spezial-Holzhobel. Die Krautköpfe wurden halbiert, der Strunk heraus geschnitten. Dann ging es los. Mit raschen Bewegungen – rauf – runter – fiel das gehobelte Kraut in eine Wanne. Als die Frau ihre Arbeit beendet hatte, wurde sie bezahlt. Sie ging in das nächste Haus, wohin sie schon bestellt war.

vorn: Hof Niederberger,
hinten: Jackelesbauer

Für uns Kinder gab es Arbeit. In Schüsseln wurde das gehobelte Kraut in den Keller getragen. Dort stand eine große „Krautstande". Ein hohes, irdenes, braunes Gefäß. Das Kraut wurde eingefüllt, zwischendurch Salz gestreut, bis das Gefäß voll war. Ein Tuch kam darüber, dann ein Brett und zuletzt ein schwerer Stein. Jetzt konnte die Milchsäuregärung beginnen. Einige Monate später holten wir dort köstliches Sauerkraut heraus. Der Winter konnte kommen. Vorrat gesichert!

Die Dreschmaschine

Schmied-Semle-Haus, davor Dreschmaschine

Spät im Herbst kam als letztes die Dreschmaschine in die Bauernhöfe. Sie wurde ausgeliehen. Das war wohl die unangenehmste, dreckigste und staubigste Arbeit. Das Getreide wurde mitsamt dem Stroh in die Maschine geworfen. Getrennt kamen die Getreidekörner und das Stroh heraus.
Die größeren Bauern hatten eine eigene Dreschmaschine.

Die Näherinnen/Schneiderinnen

In unserem Dorf gab es 3 Schneiderinnen. Frauen, die schöne Kleider nähen konnten. Eine nähte mir mein Vorkonfirmationskleid, eine andere das schwarze Konfirmationskostüm – Rock und Jäckchen – und die Dritte, eine ältere Frau, nähte mehr

Kinderkleider und vor allem Schürzen. Dazu benötigte sie schöne Knöpfe. Zwei für die Träger, zwei als Ersatz. Sie kam in den Laden, meist am Nachmittag, mit einem Stückchen Stoff. Dazu sollten farblich die Knöpfchen passen.

So wurde eine sehr große Schachtel unter dem Ladentisch hervor geholt, mit tausenden Knöpfen in vielen Schachteln und in mindestens 40 verschiedenen Formen und Farben. Es konnte fast eine halbe Stunde dauern, bis die Käuferin mit den Knöpfchen sehr zufrieden war. 1 Stück kostete meist 5 Pfennig. Das waren dann 20 Pfennig. Das war kein rentables Geschäft. Einmal besuchte ich diese Frau in ihrem Häuschen. Ich musste ihr wohl etwas bringen. Da war ich doch sehr erstaunt, dass in ihrer Nähstube auch einige Hühner herum spazierten. Die Türen zum Hausflur, zur Küche und zum Garten waren geöffnet. Die Hühner sind nicht gackernd aufgeflogen, als ich das Zimmer betrat. Sie waren dort heimisch.

Der Nigrin Mann

Ab und zu kam der Nigrin Mann ins Dorf. Er war als Kaminfeger

verkleidet, d. h. Schwarze Hosen, schwarze Jacke und einen Zylinder auf dem Kopf. Er kam auf ganz hohen Stelzen daher. Er war die Werbefigur für die NIGRIN SCHUHCREME.
Wir verkauften sie auch im Laden. Auf der Schuhcremedose war der Nigrin Mann abgebildet. Die Herstellerfirma war in Göppingen. Der Mann stolzierte durch das Dorf und eine Schar Kinder hinterher. Es kam damals fast kein Auto, so dass der Nigrin Mann durch das ganze Dorf begleitet wurde.

Der Lumpensammler

Mama hat viel genäht und geflickt. Auch beim Auftrennen alter Kleidungsstücke blieben Stoffreste zurück. Schadhafte oder abgewetzte Stellen. In der versenkbaren Nähmaschine war ein Säckchen. Da hinein kamen alle noch so kleinen Stoffreste. Von Zeit zu Zeit kam der „Lumpensammler“ ins Dorf. Er kündigte sich mit einer Schelle an. Dann rief er laut: „Lumpen, Alteisen, Papier!“
Da er meist am Nachmittag kam, war ich zuhause. Ich holte rasch das Säckchen aus der Nähmaschine und rannte zu dem Wagen. Allerlei bunte Schüsseln in verschiedenen Größen waren gestapelt. Der Mann wog das Säckchen und ich bekam ein kleines, bemaltes irdenes (Ton) Schüsselchen und freute mich darüber. Jetzt war ich

selbst darauf bedacht, keine Stoffreste wegzuwerfen. Das Sammeln lohnte sich.

Der Steinbruch

An der Westseite des Burschels (Burgstall) wurden Steine gebrochen. Um die Felswand nutzen zu können, wurden die Felsen gesprengt. Ein Loch wurde gebohrt oder geschlagen, Schwarzpulver wurde hineingestopft, alles mit einer Zündschnur verbunden An unserem Nachbarhaus stand ein Mann mit einem „Fähnle". Damit winkte er und verbot Fußgängern, Radfahrern, Fuhrwerken und eventuell Autofahrern, sich weiter vorwärts zu bewegen. Beim Sontheimer Wirtshäusle, in der entgegengesetzten Richtung, stand auch ein Mann mit einem „Fähnle". Die Männer sagten: Es wird gesprengt!"

Steinbrecher

Mit großer Vorsicht wurde die Zündschnur angebrannt – dann aber nichts wie weg! Kurz darauf ein ohrenbetäubender Knall.

Dieser war im ganzen Dorf zu hören. Nun lagen größere Brocken im Steinbruch. Mit einem speziellen „Steinbrecher“ wurden die Felsbrocken zu Schotter zerkleinert.

Der Schotter kam auf den Wagen und Gertrud fuhr mit dem Bulldog ihres Vaters Ziegler zu Plätzen, an welchen der Schotter für die Straßen benötigt wurde. Auch in stabilen Karren wurde der Schotter transportiert. Das war schwere Arbeit für die junge Frau, deren Mann im Krieg war. Sie fuhren mit dem Steinbrecher zu anderen Steinbrüchen auf die Schwäbische Alb, bis Münsingen.

Schafe

In unserem Dorf gab es viele Schafe. Schäfer Bosch und Künzel hüteten um Sontheim herum die Herden.

Schäfer Bosch hütet auf seiner eigenen Wiese seine Schafe. In Hintergrund sieht man den Burschel und ganz rechts das Bettelhäusle.

Häuser von l. Kaufmann Wilhelm, Stärkebauer, Hochfeldbauer

Die Feuerwehrübung

Auch das war für uns Kinder ein besonderes Ereignis. Ich sah, wie Wilmenbauers Hans mit einem Helm auf dem Kopf und einem besonderen Kittel aus dem Haus stürmte. Im Gehen schloss er noch einen Gürtel um den Bauch. Dann wusste ich, jetzt ist Feuerwehrübung. Da gehe ich zuschauen. Ab dem Versammlungsplatz wurde aus dem großen Stadel (Schuppen) eine große Holzrolle mit Schläuchen darauf vorwärts bewegt. Vorne hielt ein Feuerwehrmann den Schlauch und rannte zum nächsten Schacht in der Straße. Der Deckel wurde geöffnet, das Standrohr eingeschraubt und der Wasserschlauch angeschlossen. Der Feuerwehrkommandant schrie: „Wasser marsch!“ Jetzt kam gleich der spannendste Moment für uns Kinder. Der Schlauch, d.h. die Spitze wurde senkrecht gehalten, der Druck etwas weggenommen – ein feiner Regen befeuchtete uns und wir lachten und jubelten.

Die Dorfschmiede

Ziemlich in der Dorfmitte gab es eine Schmiede. Dies war ein interessanter Platz für uns neugierige Kinder. Herr Semle war der Schmied. Er trug einen langen Lederschurz.
Die Schmiede war ein etwas dunkler Raum, in welchem eine offene Feuerstelle (Kamin) war. Da stand noch ein großer Amboss aus Stahl.
Der Schmied brachte in der Feuerglut allerlei Eisenstücke zum Glühen. Das Eisen musste noch sehr heiß sein, wenn er es mit einer Zange auf den Amboss legte. Dann nahm er einen großen Hammer und schlug viele Male auf den glühenden Gegenstand, bis er die erforderliche Form hatte, wofür das Eisenstück gebraucht wurde. Das war sehr schwere Arbeit in der Hitze. Die

Funken sprühten nach allen Seiten bei den schweren Hammerschlägen.
Der Schmied, Herr Semle, musste oft zu uns Kindern sagen: „Kinder, ganget auf d Seite, wenn's spritzt, des isch gfährlich!"

Pferde beschlagen

Ganz arg interessant für uns Kinder war es, wenn ein Pferd beschlagen wurde. Einige Bauern hatten Pferde, die dringend zur Feldarbeit gebraucht wurden. Da wurden dann ja auch die Hufeisen abgenützt.
Das neue Hufeisen wurde im Feuer zum Glühen gebracht. Mit einer Zange trug der Schmied das Hufeisen ins Freie, wo das Pferd stand. Der Besitzer hat es am Zaum festgehalten, denn es musste ganz ruhig stehen. Der Fuß des Pferdes wurde hochgehoben und das heiße Hofeisen dem Pferd in die Fußsohle gedrückt. Das hat sehr gestunken! Mir tat das Pferd immer leid, weil ich dachte, dass dies dem Pferd sicher sehr weh tut.

Rossbollen (Pferdeäpfel)

Unser Haus lag an der Hauptstraße, so dass man sehen konnte, wann die Pferdefuhrwerke vorbeikamen. Besonders beobachtet wurde im Herbst und Frühling die Straße von Großmutter. Warum? Ja, wenn da Rossbollen auf der Straße lagen, rief sie: „Christa, nimm einen Eimer und Schaufel und hole die Rossbollen. Es war Dünger für den Garten. Diese Arbeit liebte ich nicht besonders, aber ich tat sie folgsam.

Maulwurfshaufen

Plötzlich waren die stets größer werdenden Erdhaufen auf der Wiese zu sehen. Wie entstehen sie? Die fleißigen Maulwürfe schaufeln sich mit ihren Krallen unterirdische Gänge. Oft sind viele Hügelchen nebeneinander.
Entdeckte sie meine Mutter, hieß es: „Christa, nimm Schaufel und Eimer und hole diese fein Erde, ich brauche sie zum Versetzen der Geranien."
Mutter hatte immer schöne Geranien an den Fenstern stehen. An Blumen hatte ich große Freude und so erfüllte ich Mutter diesen Wunsch. Sah ich nie einen Maulwurf.

Schafe scheren

Unser Nachbar Künzel war Schäfer und hatte eine Schafherde mit ca. 100 Schafen. Einmal im Jahr wurden die Schafe geschoren. Da kamen 2 oder 3 Männer, die im Stadel die Schafe scherten. Die Füße der Schafe wurden am Anfang zusammengebunden, so dass sie nicht wegliefen. War die Hälfte geschoren, nahmen die Scherer ganz geschickt die Schafe zwischen ihre Füße. Manchmal wurde auch die Haut verletzt, dass es etwas blutete. Wenn die Schafe dann ganz kahl dastanden, bekamen sie einen Stempel auf gedrückt. Als Zeichen zu wem sie gehörten. Für uns Kinder war das ein interessantes Geschehen und es hatte sich rasch im Dorf herum gesprochen. Viele Kinder schauten zu.
Einige Frauen hatten ein Spinnrad und konnten spinnen. Von der Wolle wurden Pullover gestrickt. Echte, warme Schafwollpullover.

Die Leichenansagerin

Wenn im Dorf ein Mensch gestorben war, kam die Leichenansagerin. Sie war schwarz gekleidet. Angesagt hat sie in jedem Haus, wer gestorben ist und wann die Beerdigung stattfindet. Das war die rascheste Information, denn Telefon hatte nur die Gastwirtschaft. Für ihre Tätigkeit bekam sie Mehl in ihre große Schürze oder auch etwas Geld.

Wie habe ich es erlebt, wenn jemand gestorben ist

Als 1944 unser Nachbar Wilmenbauer starb, nahm mich meine Großmutter mit an sein Totenbett. Er lag ganz ruhig in seinem Bett in einem weißen Hemd und hatte die Augen geschlossen, als schliefe er. Blümchen waren auf seiner Bettdecke. Meine Großmutter war eine gläubige Frau. Wahrscheinlich hat sie gebetet. Ich

weiß es nicht mehr. Als später in der Nachbarschaft noch jemand starb, bin ich wieder mit der Großmutter an das Totenbett gegangen. Es war wohl für mich, als Kind unter 10 Jahren, ganz normal, dass alte Menschen sterben und in den Himmel zu Jesus kommen.
Später, mit 13 Jahren, erlebte ich es als ganz trauriges Ereignis. Die Mutter eines Schulkameraden ist kurz vor Weihnachten nach einer Operation an einer Embolie plötzlich gestorben. 4 Kinder von 8 bis 13 Jahren hatten die Mutter verloren. Sie hatten mitten im Dorf einen großen Bauernhof.

Wir Dorfkinder standen auf der gegenüber liegenden Straßenseite und sahen, wie der Sarg in den schwarzen Leichenwagen geschoben wurde, der von zwei Ackergäulen bis zum 2 km entfernten Friedhof gezogen wurde. Die ganze Dorfgemeinschaft lief hinterher. Es war furchtbar kalt und alles war verschneit. Die Glocke im Dorf läutete.

Neujahr wünschen

Das war eine schöne Tradition. An Neujahr wurden die nächsten Nachbarn besucht. Der Christbaum wurde bestaunt, die guten Bredle probiert und für die Erwachsenen gab es ein Likörle oder ein Schnäpsle. Man wünschte sich einander ein gutes, gesegnetes Neujahr und ging zum nächsten Haus. Jede Hausfrau hatte andere Sorten auf dem Bredles-Teller. Vielerlei habe ich probiert. Etwas Besonderes waren Springerle, Bärentatzen, Zimtsterne, Spitzbuben, Schäumle und Wespennester. Mir schmeckten die Bredle von Nachbarin Wilmenbauer am allerbesten.

Fasnet/Fasnacht

Dieser Brauch war nicht sehr ausgeprägt. Wir Kinder haben uns irgendwie verkleidet, was wir eben gefunden haben. Dann gingen wir in die Nachbarschaft und sangen:
I bin a armer Fastnachtsnarr, zum Tanzen bin i zu kloi (klein), drum bitt i um a Pfeiserle (Fasnachtsküchele), dann gang i wieder hoim (heim).

Wir waren glücklich, wenn die Bauersfrau öffnete und uns ein Fasnachtsküchele schenkte. Unsere Nachbarin Wilmenbäuerin machte ausgezogene Küchele, das heißt, der Hefeteig wurde in der Mitte dünn ausgezogen und dann in Schweineschmalz schwimmend gebacken. Dann in Zucker gedreht. Ach, war das guuuut!!

Frühling

Jetzt war es am Morgen schon hell. Die Vögelchen zwitscherten vom Lindenbaum herunter ihre Frühlingsmelodien. Die Bauern fuhren mit den Mistwagen. Der Mist wurde auf den Wiesen verstreut. Mit der Sämaschine wurde Getreide gesät. In der Schule sangen wir:

Im Märzen der Bauer die Rösslein einspannt,
er setzt seine Felder und Wiesen instand.
Er pflüget den Boden, er egget und sät,
und rührt seine Hände von morgens bis spät.

Und den wohl klingenden Kanon:

Es tönen die Lieder,
der Frühling kehrt wieder,
es flötet der Hirte
auf seiner Schalmei,
la, la, la, la, la, la, la, la, la,
la, la, la, la, la, la, la, la.

Im Vorgarten blühten die Krokusse und die Schneeglöckchen. Die ersten Frühlingsboten im Wald waren Anemonen, gelber Huflattich, Schlüsselblumen, Leberblümchen, Immergrün. Die Forstverwaltung verkaufte Lose für einen „Schlag" im Wald. Bestimmte Flurstücke waren gezeichnet. Innerhalb dieser Fläche konnte das geschlagene Holz aufgearbeitet und nach Hause gebracht werden. Mutter kaufte auch ein Los. Mittwochnachmittag war der Laden ja geschlossen und wenn es nicht regnete, ging auch ich mit in den Wald. Mein Bruder ging nach Heidenheim ins Gymnasium und hatte oft mittags Schule, so dass er nicht mithelfen konnte.

Die dünneren Zweige schlug Mutter mit dem Schnaier (scharfes, breites Messer mit einem Griff) ab. Sie wurden zu Büscheln gebunden. Die dickeren Stämme mussten aus dem Wald heraus geschleppt werden, damit der Bauer sie holen konnte. Das war

schwere Arbeit. Es war meist um die Osterzeit. Einmal fand ich kleine bunte Schokoladeneier auf dem Boden an einem dicken Stamm. Voll Freude zeigte ich sie Mutter, denn ich war überzeugt, dass der Osterhase sie dort hingelegt hatte.
Nach einigen Wochen war der „Schlag“ sauber. Die dünneren Stangen lagen aufgehäuft beieinander am Waldrand. Die dickeren Stücke daneben. Unser Nachbar Wilmenbauer holte das Holz mit dem Pferdewagen ab. Dann wurde der „Holzsäger“ bestellt. Er wohnte im Ort. Mit seiner Sägemaschine fuhr er vor das Haus. Die Holzstämme wurden auf ca. 25 cm Länge gesägt. Diese Arbeit musste bezahlt werden, das kostete 10 DM. Mutter hat dann das Holz mit einem Beil/Axt gespalten. Sie konnte das prima. Auch mein Bruder hat gespalten. Ich wurde zum Glück davon verschont.

Holzsägemaschine

Nun musste der ganze Berg Holz noch aufgesetzt werden, zu Holzbeigen (Holzstapel). Den Anfang setzte Großmutter, denn der musste stimmen, damit am Ende nicht alles zusammen kracht.

Drei Scheite längs, drei Scheite quer. Eine Holzbeige war ca. 4 m lang. Aufgesetzt wurde erst, wenn das Holz abgetrocknet war. Da war es dann schon Sommer und die Heuernte begann.

Spaziergang im Frühling

Sobald die wärmende Frühlingssonne kam, nichts wie raus an die frische Luft. Die jungen Mütter mit Kinderwagen und die Großmütter spazierten auf der Hauptstraße zwischen Sontheim und Söhnstetten. Es war ja so gut wie kein Autoverkehr.

Auf dem Foto sieht man, dass keine Männer dabei sind. 1 ¼ Millionen Väter waren noch im Krieg, schon gefallen. ½ Millionen waren noch in Gefangenschaft oder vermisst. Wenn ich dann doch einmal Väter mit ihren Familien sah, war ich sehr traurig. Warum hatte ich keinen Papa mehr? Er hat mir immer gefehlt.

Sonntags auf dem Burschel;
links mit gestreifter Mütze bin ich 5 Jahre alt

Die Mütter mit ihren lebhaften Kindern erfreuten sich auf dem Burschel (Hausberg) Burgstall.

Ostern

Zwei Wochen vor Ostern war unser Wohnzimmer schon österlich dekoriert. Auf dem Wohnzimmerschrank standen Hasen. Nein, keine echten – Zuckerhasen.
In Weißenstein war ein Zuckerbäcker, der sie herstellte. Der Vertreter kam schon am Jahresanfang mit den Hasenmustern. Einige hatten Körbchen, andere eine Schubkarre, einige waren in Sitzhaltung, andere standen. Mutter wusste ungefähr, wie viel sie bestellen musste. Es gab rote Zuckerhasen und Rahmhasen. Sie waren sehr zerbrechlich. Die Kunden kamen in unsere Stube und suchten sich die Hasen aus. Wer zuerst kam, fand die Schönsten. Waren bis Ostern nicht alle verkauft, fiel Werner und mir der „Schaden"

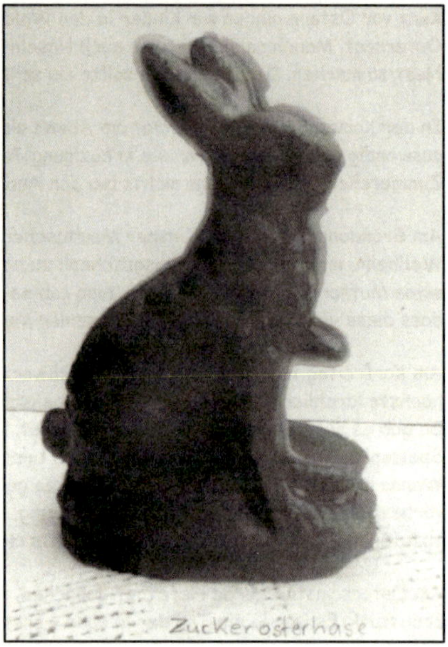

zu. Krokanteier waren auch sehr gefragt und kleine Rahmhäschen.

Wir haben süße Hasen gebacken. Teig wurde ausgerollt, ein Hase ausgestochen, eine Rosine war das Auge, mit Eigelb bestrichen, gebacken. Es gab sie zum Osternachmittagskaffee.

Kurz vor Ostern gingen wir Kinder in den Wald und suchten Moos für das Osternest. Manchmal nahmen wir auch Haselnussstecken mit, um Bogen für das Nest zu machen. Der Osterhase sollte ein schönes Nest vorfinden.

In der Karwoche hat Großmutter am Abend ein schönes langes Gedicht auswendig gesprochen. Über die Kreuzigung Jesu. Ich ging zu ihr in ihr Zimmerchen. Da störte uns nichts bei der Andacht.

Am Gründonnerstag gab es immer Maultaschen. Einmal kam mein Vetter aus Weilheim, um mein Geburtstagsgeschenk zu bringen. Er wählte diesen Tag, weil seine Mutter Maultaschen kochte. Nun gab es bei uns auch welche. Er beteuerte, dass diese viel besser wären, als die seiner Mutter.

Am Karfreitag trugen die Kirchgänger schwarze Kleidung. Karfreitag ist der höchste kirchliche Feiertag für die evangelischen Christen. Der Todestag Jesu. Da gab es auf keinen Fall Fleisch oder Wurst. Eier oder Fisch standen auf dem Speiseplan. Bei uns im Laden konnte Fisch bestellt werden. In einer großen Wanne mit viel Eis wurde er am Donnerstag geliefert. Mutter zerteilte die vorbestellte Menge. Es war ja sehr schwierig, genau 500 g oder 700 g zuzuteilen. Für uns blieb meist leider nichts mehr übrig.

Am Ostersamstag wurde Hefezopf gebacken, für den Ostersonntag zum Frühstück. Es war ja ein Tag der Freude – erstens, weil der Osterhase etwas in das Nest legte und zweitens, weil Jesus auferstanden war.
Die Freude war groß, wenn wir am Ostermorgen einen bunten Ball, bunte Eier, einen Zuckerosterhasen, ein neues Gießkännchen oder ein buntes Eimerle mit Schaufel entdeckten. Wenn es das Wetter erlaubte, manchmal lag Schnee, gingen wir zum „Eierhurgelen" auf den Burschel (Berg). Die Eier wurden in die Luft geworfen und sie hurgelten (rollten) dann den Berg hinunter. Das wurde so oft wiederholt, wie es die Eier aushielten. Dann aßen wir sie auf.

Mein Geburtstag ist am 11. April. Da ist oft die Osterwoche. Einmal war der Geburtstag am Karfreitag. Im Religionsunterricht fragte ich unseren Pfarrer, ob ich denn, weil es mein Geburtstag ist, nicht doch ein Wurstbrot essen dürfte. Wurst war etwas Besonderes und ich mochte sie sehr.
Er meinte: „Esse sie einen Tag vorher und einen Tag danach, dann kannst du sogar zweimal Wurst essen. Aber am Karfreitag lerne gern verzichten."

Eier verstecken in der Schule

Der Lehrer musste sie im Klassenzimmer suchen.
Jedes Jahr freuten wir uns schon auf diesen Spaß, - kurz vor den Osterferien. Es wurde besprochen, wer ein hartgekochtes Ei mitbringen konnte.
Am Eierverstecktag kam der Lehrer etwas später. Die Eier mussten ja versteckt werden. Wir krochen unter die Schulbänke und versteckten sie dort oder wickelten sie in Taschentücher (saubere!) und hängten sie ans Fenster oder an die Lampe. Auch Blumentöpfe boten einen Platz. Wir halfen dem Lehrer etwas beim Finden. War er in der Nähe des Verstecks, sagten wir „warm", war er in der falschen Richtung, „kalt" sagten wir. Das letzte Ei fand er einmal nicht. Wir ließen es in eine Büchse mit Firnisöl fallen. Dies wurde zur Bodenpflege benützt. Zum Schluss verrieten wir das Versteck. Die Schulstunde war zu Ende. Der Lehrer bedankte sich für die Eier.

Schöne Abwechslungen im Alltag: Feste

Mutters Geburtstag

Er war am 18. Oktober. Da gab es Zwetschgenkuchen mit Sahne. Einen Streuselkuchen und Marmorkuchen. Ab dem 11. Lebensjahr habe ich die schönsten Torten gebacken. Der Vertreter der Firma Meisterback brachte immer tolle Rezepte. Die wollte ich ausprobieren. In der Küche war ja an der Türe zum Flur oben Glas. Davor hängte ich eine Schürze, mit Reißnägeln befestigt. Niemand durfte in die Küche, bis die Torte garniert war.

Muttertag

Von Klein auf war der Muttertag etwas Besonderes. Im Kindergarten oder von Großmutter wurden wir darauf aufmerksam gemacht, an diesem Tag unserer Mutter eine persönliche Freude zu bereiten. In aller Frühe gingen wir auf die Wiesen und zupften Wiesenschaumkraut, Kaminfegerle, Trollblumen, Sauerampfer, Löwenzahn und Schmalzkächele (Hahnenfuß). Diesen bunten Strauß schenkten wir unserer Mutter mit den Worten „für Dich liebe Mama und danke für Alles". Diese „Handarbeit" erfreute Mama sehr.
Als ich größer wurde überlegte ich, womit kann ich Mama eine Freude bereiten? Einen Kuchen backen vielleicht? Ja, genau, das ist es. Ich fand ein interessantes Rezept in Dr. Oetkers Rezeptbuch.
Ein Omnibuskuchen! Ich las das Rezept und holte die Zutaten aus unserem Laden und aus der Küche. Damit begab ich mich in Großmutters Stube im Oberen Stock. Der Teig war gerührt und nun hieß es: ... zuletzt die gehackten Mandeln zufügen. Ach, du Schreck! Ich hatte kein Messer, um die Mandeln zu hacken. In die

Wohnung runter konnte ich schlecht, Mutter hätte vielleicht etwas bemerkt. Not macht erfinderisch! Kurz entschlossen zerkleinerte ich die Mandeln mit den Zähnen und spuckte sie in den Teig – ganz einfach!
Der Teig war fertig. Jetzt noch in die Kapselform füllen. Ja, er muss doch ins Backhaus. Bis 14.00 Uhr sollte ich den Kuchen bringen, sagte die Frau, die gerade Brot gebacken hatte und mit der Restwärme die Kuchen backen wollte. Ich hatte großes Glück. Ein junges Paar feierte am Sonntag Verlobung und ich sollte eine Flasche Wein dorthin tragen. Das Backhaus lag auf dem Weg dorthin. Ja, aber wie kommt der Kuchen wieder heim? Fort durfte ich nicht mehr. Ich rief ein Nachbarskind und bat es, den Kuchen später zu holen und auf den Fenstersims bei uns zu stellen. Fast wäre es schief gegangen. Gerade als ich die Kuchenform in der Hand hielt, hörte ich meine Mutter kommen. Nichts wie ins Schlafzimmer und den Kuchen unters Bett geschoben, ohne dass es Mutter bemerkte. Später brachte ich den Kuchen in den Keller. Am Muttertagmorgen wurde er mit Puderzucker bestreut und mit roten Geranienblüten umlegt. Meine Mutter freute sich sehr über diese Überraschung. Und übrigens: der Kuchen schmeckte vorzüglich!

Eine Schulkameradin schrieb mir 1949 in mein Poesiealbum:

Geduldig trägt dein Mütterlein,
für dich so manche Last.
Drum halte sie auch lieb und wert,
solang du sie noch hast.

Rezept Omnibuskuchen

Zutaten:

200g Butter
250 g Zucker
2-3 Eier
500 g Weizenmehl
1 Päckchen Backin
1/8 – ¼ Liter Milch
50 g Rosinen
60 g gehackte Mandeln
½ -1 Fläschchen Backöl
Zitrone

Zubereitung:
Die Butter rührt man schaumig, gibt Zucker, Eigelb, das mit Backin gemischte und gesiebte Mehl abwechselnd mit der Milch hinzu. Zuletzt die Mandeln, Rosinen, Zitronengewürz und den steifen Eischnee. Man füllt die Masse in die gefettete Form, am besten eine Königskuchenform, und backt den Kuchen 1 – 1 ½ Stunden bei guter Mittelhitze.

Großmutters Geburtstag

Ein wichtiger Tag im Jahr war bei uns Großmutters Geburtstag. Am 7. Februar 1879 war sie geboren. In dieser Jahreszeit hatten auch die Nachbarsbauern am Nachmittag Zeit, um zum Kaffee trinken zu kommen. Viele Menschen im Ort sagten zur Großmutter „Tante“, obwohl sie keine echte war. Großmutter hatte vor meiner Mutter den Laden „Spezerei und Ellenwaren“. Wenn sie Hilfe benötigte, kamen die Mädchen gerne und halfen, wo es

fehlte. Zur Belohnung gab es dann die heiß geliebten Bonbons. Es war Tradition, dass Onkel Hans mit dem Zug aus Percha kam, Großmutters Sohn. Er brachte stets eine Azalee mit. Die Tante aus Heidenheim erfreute das Geburtstagskind mit 100 g Schinken und 1 Paar Bratwürsten. Ein beliebtes Geschenk waren Eier. Um diese Zeit legten die Hühner sehr schlecht, wenn überhaupt. Großmutter war glücklich, wenn um diese Zeit 1 oder 2 Eier im Nest waren. Aber auch Anisbrot, eine Flasche Wermutwein oder 1 Stück Rauchfleisch zum Mitkochen von Linsen waren beliebte Geschenke.
Meine Mutter hat immer viel gebacken, da meist 20 Personen kamen. Das war immer sehr schön und ich habe auch fleißig geholfen.

Abends kam der andere Sohn, Onkel Wilhelm, mit seinem Fotokasten, den er auf ein Stativ stellte. Er sagte uns genau, wie wir sitzen oder stehen sollten, damit es „die Platte nicht zerreißt". Dann steckte er seinen Kopf unter ein schwarzes Tuch, drückte auf den Auslöser und sagte: „'s Vögele kommt, bitte recht freundlich!"
Die Bilder sind ihm immer geglückt und es war eine schöne Erinnerung.

Christas Kindergeburtstag

Mein Geburtstag am 11. April war meist um die Osterzeit, also im Frühling. Es war nur eine Freundin da, Onkel, Tante, Großmutter, Mutter, Werner und vielleicht mal eine Nachbarin. Auf dem Kerzenkranz konnten bis zum 12. Geburtstag Kerzen aufgesteckt werden.
Mein Essplatz war mit Blümchen umlegt. Zum Essen durfte ich mir meine Lieblingsspeise wünschen. Das waren meist

Rauchfleischknöpfle mit Kartoffelsalat. Großmutter und Mutter hatten auch gebacken. Von Verwandten außerhalb bekam ich Post. Als Geschenk gab es z.B. eine kleine Kette, ein Buch, ein Spiel, ein Halstuch oder einen Schal.

Hochzeiten

Eine Hochzeit war ein seltenes Ereignis, doch das ganze Dorf nahm auf irgendeine Weise Anteil daran. Früher, nach der kirchlichen Trauung in der Steinheimer Peterskirche, versammelten sich die Musiker an der Pumpstation, am Rande des Dorfes. Die Kirchgänger kamen meist über den Berg-Steinhirt. Ob ein Brautpaar auch in der Kutsche kam, weiß ich nicht. Mit Musik ging dann der Hochzeitszug zum Gasthaus Rößle, wo die Hochzeitsfeier stattfand. Im Voraus hatte das Brautpaar eingeladen und erfragt, ob die Gäste zum Essen kämen oder zur „Schenke“ am Abend. Jeder bezahlte sein Essen

selbst. Vor der Braut stand eine große Suppenschüssel mit Deckel. Dort hinein kam das Geld für das Essen und abends für die Geschenke. Bei der Hochzeit meiner Eltern 1935 war das auch noch so. Das erzählte mir Nenn-Tante Helene.

Hochzeit von Christian Kaufmann
und Elsa Kaufmann geborene Gienger. 31.8.1935

4 Zechen a 3.-	= 12,00
5 Zechen a 3,50	= 17,50
2 x Kalbsbraten	= 1,80
2 x Bratwurst	= 1,30
3 x Bratwurst eingewickelt	= 0,50
8 Ms Bier	= 4,00
½ Liter Wein	= 0,80
4 x Essen für Musik	= 4,00
für Mesner 3 Gl Bier und Vesper	= 1,00
2 Glas Bier	= 0,40
2 Sprudel	= 0,60
Gesamtbetrag	43,90 RM

Meine Erinnerungen beginnen ab 1949. Die Währungsreform war vorbei und es gab, sofern Geld da war, alle Waren für den Haushalt zu kaufen. Anstelle von Geld wurden auch Gebrauchsgegenstände verschenkt, z.B. Jenaer Glasformen, Auflaufformen, Kuchenformen, verschiedene Schüsseln, usw. Für manche Gäste, hauptsächlich Kinder, gab es eine „Einbinde". Die Leute kamen in unseren Laden und kauften Kekse oder Schokolade für die Kinder, Pralinen für die Erwachsenen. Die Kunden sagten, wer das erhalten sollte, z.B. Tante Anne Huber aus Herbrechtingen oder Susi Kolb aus Steinheim. Alle diese Dinge durfte ich dann schön einpacken, an einem bunten „Bändele" war der Zettel mit dem

Empfängernamen. Alles kam in einen großen Waschkorb. Gegen 16.00 Uhr wurde der Korb in das Nachbarhaus, dem Gasthaus Rößle, gebracht. Während des Kaffeetrinkens wurden die Päckchen verteilt. Einige Leute brachten auch von Zuhause Päckchen (Einbinden) mit.

Ja, und wie kamen wir zu so einem guten Festessen? Großmutter gab mir Gefäße mit und ich durfte das Essen in der Wirtschaft holen. Meist gab es:

* Hochzeitssuppe (bestehend aus Bratwurstbrätklößchen, Grießklößchen und Pfeisele- kleine gespritzte Windbeutel – in einer sehr guten Fleischbrühe)
* Bratwürste mit Soße oder gemischten Braten mit Soße
    - Spätzle
    - Kartoffelsalat
    - Grünen Salat

An diese Festessen erinnere ich mich sehr gerne.

Die Hochzeiten waren meist im Sommer. Es war lange hell. Wir Dorfkinder setzten uns auf eine hohe Mauer, gegenüber der Wirtschaft. Warum? Gab es da etwas zu sehen? Nein, nicht so viel, aber zu hören. Die Kapelle Geiger spielte zum Tanz. Die Musik war laut und sie gefiel uns.
Vor dem Wirtshaus war ein großer Platz. Es fuhr kaum ein Auto. So konnten wir herum hüpfen und die ersten Tanzschritte probieren. Es waren Mädchen, die miteinander tanzten. Mir hatte meine Mutter recht früh den Walzerschritt beigebracht, den Rheinländer und den Step – ein Schritt vor – Stop – ein Schritt zurück. Lustig war es allemal. Manchmal kamen auch die Brautführer mit ihren Brautfräulein auf den Platz. Die Fräulein trugen meist lange, wunderschöne Kleider. Überhaupt waren die Leute sehr schön

gekleidet. Hochzeiten waren eben etwas Besonderes. Es wurden sehr viele Kuchen gebacken. Nie wurde alles aufgegessen. Die auswärtigen Gäste bekamen Kuchen mit. Dorfbewohner, die nicht bei der Hochzeit waren, jedoch etwas schenkten, bekamen wie wir am nächsten Tag auch von diesen Köstlichkeiten.

Eine Hochzeit in Bayern

Unsere guten Nachbarn Wilmenbauer hatten eine liebe Magd. Sie kam aus Schlesien mit ihrer Familie in unser Dorf. Sie konnte wunderbar sticken. Mutter hatte ja auch Näh- und Stickgarne im Laden zu verkaufen. Sie fragte Hanne, ob sie für uns auch etwas besticken würde. Hanne sagte ja. Mutter nähte mir zur Hochzeit meines Vetters Hans ein dunkelblaues Kleid mit weitem Rock. Hanne bestickte den Kleidersaum mit unzähligen kleinen Blüten in Bogenform. Das war sehr hübsch. Mutter strickte noch eine dicke weiße Wolljacke. Die Hochzeit war im Januar 1951. Da war es kalt. Auch diese Strickjacke hat Hanne wunderschön bestickt.

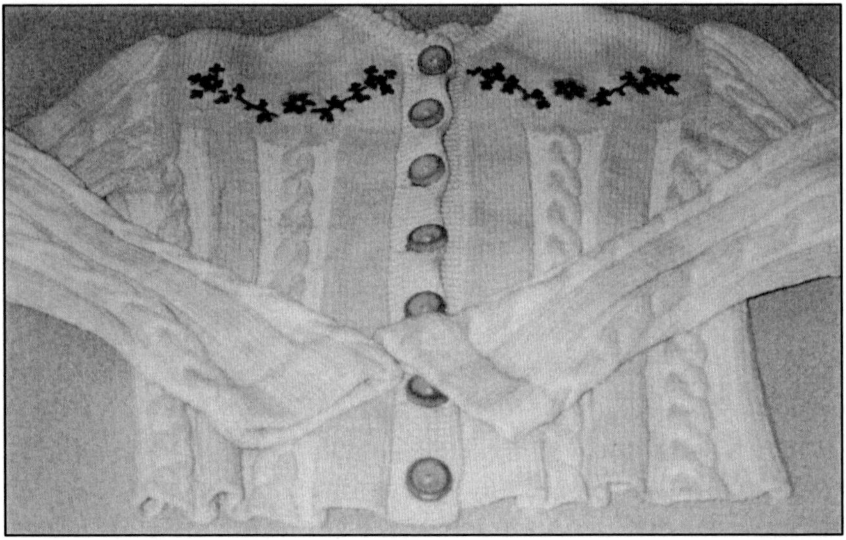

Jetzt war ich richtig fein für die Hochzeit von Vetter Hans und Mitzi in Percha bei Starnberg. Mit Mutter fuhr ich im Zug über München nach Starnberg. Da entdeckte sie einen Speisewagen. So etwas Nobles sah ich noch nie. Wir setzten uns und tranken Kakao. Bei der Hochzeitsfeier war es sehr lustig. Es wurde viel getanzt. Mein Vetter Walter hat seine Freundin in die Luft geworfen, über die Schulter gedreht, unter den Beinen durch gezogen und noch allerlei. Sie nannten es „Rock and Roll". Da kam ich aus dem Staunen nicht heraus.
Mit meiner Mutter sangen wir zweistimmig einige Lieder. Danach sagte ich auswendig ein ziemlich langes Gedicht. Großmutter hatte es mir beigebracht.
Sicher gab es etwas Gutes zu essen, das weiß ich nicht mehr. Doch an etwas Feines kann ich mich erinnern. Es gab sehr, sehr viele verschiedene Kipferl und süße Gebäckstücke, wie ich sie nicht kannte. Wir haben übernachten können und fuhren sonntags wieder zurück. Das junge Ehepaar kam eine Woche später zu uns in die Ferien. Es war ihre „Hochzeitsreise".

Das Dorf Sontheim zu meiner Kinderzeit

In ca. 70 Häusern wohnten 350 Personen. 10 Bauern hatten Pferde und Kühe. In 28 Ställen standen auch noch Kühe, Schweine, Ziegen, Schafe, Gänse, Hühner. Enten und Tauben gab es auch. Vor 1950 gab es 3 Autos, einige Bauern besaßen schon einen Traktor (Bulldog). Metzgerei und Bäckerei und Postamt waren im größeren Nachbarort Steinheim. In Sontheim gab es eine „Einklassenschule", das heißt 1 Klassenzimmer, in welchem ca. 50 Kinder abwechselnd von Klasse 1 – 8 unterrichtet wurden. Sonst gab es noch: 2 Gasthäuser, Rößle und Sontheimer Wirtshäusle. Eine Molkerei, zeitweise 2 Tante Emma Läden. Meine Kolb und unseren Laden Kaufmann. 2 Schuhmacher konnten die Schuhe flicken, Heselmaier und Eberhard Fritz. Es gab den Schmied Semle, Wagner, Schreiner, Seybold, Fahrradwerkstatt Huber, einen Holzsäger Eisenschmied, 3 Näherinnen und einen Schäfer. Auch Ortsbüttel Elsenhans und Hauber hatten wir. Von jedem Haus wußte ich, wer dort wohnte. Die großen Bauern hießen: Wilmenbauer, Mattesbauer, Schulzenbauer, Beckenbauer, Jakelesbauer, Stärkebauer, Christelesbauer. Familiennamen vor 1945 waren: Hofele, Allgaier, Fink, Boger, Bosch, Mack, Maier, Kühnhöfer, Ziegler, Epple, Kaiser, Kaufmann, Kölle, Helber, Malise, Klopfer, Köhle, Junginger, Beißwanger, Huber, Eisele, Niederberger, Ströhle, Fetzer, Künzel. Viele Namen der Vertriebenen kamen nach 1945 dazu.

M. Aurich & Co. Kunst u. Ansichtskarten Heidenheim

Sommer

Obwohl die Schule für mich nicht anstrengend war, hat sie doch einige Stunden am Tag samt Hausaufgaben den größten Teil des Tages benötigt. Nun – im Sommer – gab es 6 Wochen lang keine

Schule. Für die Hälfte der Kinder hieß das, auf dem Feld mithelfen. Ich habe nicht oft geholfen, weil es mir zu heiß war. Die Luft flimmerte oft und der Teer auf der Straße war weich. Abends waren unsere Füße (wir sind ja meist barfuß gelaufen) voll Teer. Mit etwas Butter wurde dem Übel abgeholfen, danach die Füße gewaschen.

Erntehelfer

Das Getreide, meist Weizen, Gerste und Hafer, wurde mit der Maschine gemäht. Dann wurden Garben gebunden. Aber erst wurden bunte Garbenstricke auf den Boden gelegt.

So etwas habe ich gemacht. Dann nahmen wir, meist die Frauen, mit der Sichel eine Portion Getreide auf, legten es schön mittig auf das „Garbenstrickle". Dann wurde ein Ende durch die Schlaufe gezogen und fertig war die Garbe. 4 oder 5 davon wurden

zusammen aufgestellt. Es war nötig, bei so einer anstrengenden Arbeit in der Hitze viel zu trinken. Die Bauern tranken oft Most, teils verdünnt oder Wasser.
Der Lohn meiner Arbeit war Leberwurstbrot aus eigener Schlachtung auf selbst gebackenem Brot und etwas Senf darüber. Mmmh, mir schmeckte das prima!

Für viele Haushalte war es nötig, Ähren zu lesen, um zu Mehl zu kommen. Unser lieber Nachbar Wilmenbauer sagte uns, dass wir bei ihm „lesen" können.

Wir kannten den Acker. Er hat nicht so sauber nachgerecht, das bedeutete, dass viele abgebrochene Weizenähren auf dem Boden liegen blieben. Das war eine Arbeit für meinen Bruder und für mich. Wir banden uns Wäscheklammerschürzen um den Bauch. Da hinein kamen die Ähren. War die Schürze voll, wurde der Ertrag in einen Sack geleert. Es gab auch Bauern, die so sauber abrechten, dass der oder die Leserin fast nichts fand. Ja, die Menschen sind mit ihrem Habenwollen und Hergeben verschieden.

Ein besonderes Ereignis im Sommer war der Besuch im Naturtheater in Heidenheim/Brenz. Es war 1924 erbaut worden. Die Freilichtbühne war oben auf dem Berg von Schloss Hellenstein. Von überall kamen die Omnibusse zu den Vorführungen. Die Leute hatten damals keine Autos. Jeder hatte eine Wolldecke unter dem Arm, denn die Sitzbänke waren hart und am Abend wurde es kühl.
Nur Laien spielten mit, auch Kinder. Pferde waren immer im Stück integriert. In der Pause kam auch der Höhepunkt für uns Kinder: eine Rote Wurst, ein Wecken und etwas Sprudel oder Limonade zum Trinken. Mit einem Omnibus, der nach Gerstetten fuhr, konnten wir bis zum Sontheimer Wirtshäusle mitfahren. Die Spielzeit dauerte meist 4 Wochen. Immer samstags und sonntags.

Brauseverkauf

Kinder haben besonders oft Durst, vor allem, wenn ein schmackhaftes süßes Getränk in Aussicht stand. Ja, dafür gab es „Friedel Brause“ Limonadenpulver.

Ein Päckchen dieses Süßpulvers gab es um 5 Pfennig in Waldmeister, Zitrone, Orange und Himbeergeschmack. Viele haben die Brause in die Handinnenfläche geschüttet und dann aufgeleckt.
Im Sommer kam am Nachmittag oft alle 10 Minuten ein Kind mit 5 Pfennig und wollte eine Brause. Mutter hängte an die Ladentür ein Schild: Bin im Garten, bitte läuten.
Häufig war ich auch im Umkreis und hörte das Läuten, um zu schauen, wer vor der Ladentüre steht. Praktisch war ich jetzt „Brauseverkäuferin“. Unter dem Ladentisch hatte ich eine Schachtel, dort kamen nur die Brause-Fünferle hinein. Am Abend sah ich dann, wie viel Brause ich verkauft hatte.

Beerenzeit

Der Sommer, das war auch die Zeit der Beeren. Mit einer kleinen (1 l) und einer größeren (2 l) Milchkanne sind mehrere Leute miteinander in den Wald gegangen. Wir wussten, dass in den Tannenlichtungen Erdbeeren wuchsen. Wir mussten 1 – 2 km laufen, bis wir an die Plätze kamen.
Erst aßen wir uns einmal satt an den köstlichen kleinen Erdbeeren. Dann aber kam jedes Beerle in die Milchkanne. Es dauerte sehr lange, bis sie voll war. Zu Hause gab es als erstes einen Teller kalte Milch, Erdbeeren dazu, Zucker drüber und etwas Schwarzbrot hinein gebrockt. Das liebte ich sehr. Die restlichen Beeren wurden gleich zu Erdbeermarmelade verarbeitet. Wir hatten im Garten ja auch vielerlei Beeren. Waren mehrere zur gleichen Zeit

reif, gab es „Vierfrucht-Marmelade“. Erdbeeren, Himbeeren, Johannisbeeren und Stachelbeeren.

Im Zanger Wald gab es die köstlichsten Heidelbeeren. Auf unsere Gepäckträger wurden Blechbonbondosen geschnallt und dann ging es ab in den Wald – ca. 6 km entfernt. Waren die Dosen gefüllt, wurden sie gut verschlossen. Zu Hause wurden sie zu Marmelade (Gsälz) verarbeitet. Eingeweckt haben wir sie auch. Im Winter gab es dann Reisbrei mit Heidelbeerkompott. Das liebte ich.

Schwimmversuche

In unserem Dorf war kein Bach, kein Teich, kein Schwimmbad. Meine Mutter wollte, dass ich Schwimmen lernen sollte. Trockenübungen nannte sie es. In den Hof wurde ein Hocker gestellt und ich musste bäuchlings darauf liegen. Dann zählte Mutter, eins, zwei, drei – eins, zwei, drei. Mit Händen und Füßen sollte ich mich gleichzeitig bewegen – wie ein Frosch. Im Trockenen klappte es gut. Mit dem Fahrrad fuhren wir nach Heidenheim, d.h., fast bis Schnaitheim an die Brenz, ca. 8 km. Die Brenz ist ein kleiner Fluss.
Das Wasser war vorne nicht sehr tief. Mutter legte einen Arm unter meinen Bauch, einen auf den Rücken. Sie zählte wieder eins, zwei, drei – eins, zwei, drei. Im Wasser gingen die Bewegungen ganz leicht. Wenn Mutter mich los ließ, gings ins Wasser runter. Ich schluckte Wasser und war von dem Wassersport nicht sehr begeistert. Mutter war ausdauernd. Einige Male konnten wir noch üben. Dann sagte sie mir: „Wenn du nach Weilheim in die Ferien darfst, zu Onkel Max, bekommst du 1 DM, wenn du danach schwimmen kannst. 1 DM – das wäre ja was!

Als ich größer war, half ich bei Wilmenbauers auch mal beim Heuen. Die Luft flimmerte, es war schwül und die Bauern kannten sich aus mit dem Wetter. Ein Gewitter wird kommen, da muss das Heu rasch geholt werden.
Hitze konnte ich nie vertragen, auch wenn ich stets einen Hut auf hatte. So bin ich nicht oft mit ins Heu. Hinterher gab es das beliebte Leberwurstbrot, auf welches ich mich schon während der Arbeit mit dem Rechen freute.

Ein Unfall

An so einem heißen Sommertag musste ich Holz setzen. Wahrscheinlich wieder eine „Strafarbeit" wegen Ungehorsam. Ich sah, dass mein Bruder und noch ein anderes Kind schon beim Nachbarn Wilmenbauer in der Scheune zum „Heuhüpfen" waren. Ich verließ meinen „Arbeitsplatz" und ging zu den anderen in die Scheune. Erst musste ich senkrecht eine steile Leiter hoch, ca. 5 Meter. Ich war 8 Jahre alt. Wir spielten Fangen im Heu. Aus lauter Schusseligkeit bin ich in das falsche Viertel gesprungen. Anstatt ins Heu bin ich durch das Loch (Öffnung) aus ca. 4 – 5 Meter Höhe direkt auf dem Betonboden gelandet. Da gerade Heu abgeladen wurde, hätte ich auch in die Heugabel springen können. Zum Glück ist dies nicht passiert. Da ich auf dem Boden aufschlug, erschraken alle sehr. Die alte Wilmenbäuerin trug mich auf dem Rücken über die Straße zu meiner Mutter. Sie erschrak auch. Mir war die Luft weg geblieben. So klopfte sie mir auf den Rücken. Ich empfand s als Schläge, da ich ja ungehorsam war und das Holz nicht aufgesetzt hatte, sondern zum Heuspielen ging.
Vom Nachbarn Beißwanger aus, Gasthaus Rößle, wurde der Arzt, Dr. med. Dietrich, angerufen. Er untersuchte mich und meinte: „Nichts gebrochen, Arm ausgekugelt, Prellungen, Stauchungen."

Um Arme und Beine legte er dünne Holzschienen (Brettchen) an und wickelte Guttapercha darüber. Das wars. Es waren große Ferien und ich sollte vielleicht 4 Wochen im Bett liegen bleiben. Schrecklich!

Original Leiter: 5 m steil senkrecht in Wilmenbauers Scheuer

Es war gerade Beerenernte. Das bedeutete für Großmutter und die Nachbarin Luise, dass die zeitraubende Arbeit „Beeren abzupfen“ anstand. Vor allem Stachelbeeren. So ergab es sich, dass mir diese beiden an einigen Nachmittagen Gesellschaft leisteten. Aber es war doch sehr langweilig. Nach einigen Wochen durfte ich aufstehen und das Laufen üben. An der unteren Bettkante hielt ich mich fest und trainierte im Hin und Hergehen meine Beine. Es dauerte, bis ich wieder springen konnte. Aber alles wurde wieder gut.

Kindheit ohne Krankheit ist wohl selten

An Einiges kann ich mich noch sehr gut erinnern. Ich hatte Wochendippel-Mumps. Dicker geschwollener Hals und Fieber. – Bettruhe. – Mein Bruder hatte einmal Gelbsucht. Weil es ansteckend ist, durfte er nicht ins Wohnzimmer. Im Herbst hatte ich oft eine Erkältung, die sich in starken Rückenschmerzen, Muskelschmerzen, zeigte. Zweimal war es so schlimm, dass ich von der Schule heim musste. Gleich in das warme Bett und einige Tage liegen. Zu diesem Zeitpunkt waren die Tomaten im Garten reif. Wenn Mutter fragte: Was möchtest Du essen?, sagte ich: Butterbrot mit Tomate und Salz. Das war köstlich!

Wir tranken viel Milch, oft frische, nicht abgekocht. Die Viehställe waren noch nicht alle Tbc frei. Meine Halslymphknoten waren oft geschwollen und erhöhte Temperatur hatte ich auch. Dr. Dietrich sagte, das ist Tbc. Mit dem Bus musste ich alleine (12 J. alt) nach Heidenheim und zum Krankenhaus hochlaufen. Dort wurde mir eine Kugel, an welcher ein schmaler Zapfen war, an den Hals gehalten und kurz ein Gerät eingeschaltet. Das wäre eine Bestrahlung, wurde mir gesagt. Einige Male wurde dies wiederholt. Wegen immer wieder vorkommender Angina (Rachenmandelentzündung) wurden die Mandeln bei örtlicher Betäubung entfernt (13 J.). Das war nicht schön. Ein Trost – es gab EIS!

Feierabend

Die Bauern mussten alle sehr viel arbeiten, andere Leute aber auch. Doch irgendwann muss Schluss sein. Meine lieben, guten Nachbarn Wilmenbauer verstanden es, wenn Haus und Stall fertig waren, die Bank vor dem Haus zu nutzen.
Wenn ich sah, dass die alte oder junge Bäuerin oder der Altbauer auf dem Bänkle saßen, sprang ich gleich zu ihnen. Zu schwätzen oder zu hören gab es immer etwas. Einmal gab es so unzählig viele Maikäfer, dass sie uns lästig wurden. Martha und ich sind ihnen mit Sorgobesen nachgerannt, um sie zu verscheuchen.
Ab und zu konnten wir in dem großen Hof noch Ball spielen.

Beim Feierabend im Winter kamen die Nachbarn gelegentlich in die „Gunkelstube", d.h., die Frauen strickten oder wir spielten alle zusammen, z.B. „Lirum, Larum, Löffelstiel, wer das nicht kann, der kann nicht viel" oder „Wickele, Wackele, alle Vögel fliegen hoch". Wenn z.B. gesagt wurde „der Elefant" und jemand streckte, dann musste er ein Pfand bezahlen. Man gab die Uhr, eine Kette, einen Ring oder sonst einen Gegenstand als Pfand. Wenn mehrere Pfande da waren, wurden sie verlost. Einer nahm das Pfand in die Hand und sagte: „Was soll das Pfand in meiner Hand?" Dann musste der Pfandbesitzer z.B. ein Lied singen, ein Gedicht aufsagen oder eine Weile auf einem Bein stehen.
Nebenher haben wir genascht. Mutter holte Süßigkeiten aller Art aus dem Laden.

Diese wunderschöne Nachbarschaft werde ich nie vergessen. Es war wie meine zweite Heimat.

Am Mittwochnachmittag war der Laden geschlossen. Mutter konnte mit dem Fahrrad in Heidenheim Verschiedenes erledigen. Wenn sie heim kam, wartete ich sehnsüchtig, ob sie mir, d.h., uns, etwas mitbrachte. Ja – eine Tüte sah ich in ihrer Tasche. Voll Erwartung, was da drin sein mag, blieb ich in der Küche stehen. Zum Vorschein kamen für uns Kinder je eine Schneckennudel oder zwei Nusshörnchen, für Großmutter ein Wecken. Das war etwas ganz Besonderes.

Was war für mich die Zeit?

Das erste war, dass ich nie zeitig aufstand. Immer erschien ich auf die letzte Minute. Es pressierte immer. Es eilte. Die Tasse Kaba oder Milch stand schon auf dem Tisch, das Marmeladebrot war gerichtet. Katzenwäsche vorbei. Während ich frühstückte, flocht Großmutter meine langen Zöpfe. Für den Schulweg benötigte ich wenig Zeit. Etwa 3 – 5 Minuten. Meist war ich eine der letzten Schüler, die das Klassenzimmer betraten.

Mittagessenszeit war von 12.15 – 12.30 Uhr. Danach so rasch als möglich die Hausaufgaben erledigt, denn ich wollte meine freie Zeit haben!
Ich war ein Frischluftkind, also nichts wie raus, wenn es nicht gerade in Strömen regnete. Auch der Regen hört einmal auf. Dann gab es nichts Schöneres, als in die Pfützen zu hüpfen oder Schlammdämme und Schleusen zu bauen. Meist war ich danach recht dreckig – geschimpft wurde ich nicht, mit Wasser wird das ja wieder sauber, sagte Großmutter. Die Hauptsache war: nichts war zerrissen.
Die Bauernkinder hatten leider nicht oder fast keine freie Zeit zum Spielen. Sie wurden zu Hause benötigt, auch wenn es keine

schweren Arbeiten waren. Häufig war ein Geschwisterchen zu hüten, denn einen richtigen Kindergarten gab es erst später.

Zeit zum Vespern – war eine wichtige Zeit bei den Bauern. Dies war die Zeit nach der Feldarbeit und vor der Stallarbeit, so ca. um 16.30 – 17.00 Uhr. Bei uns war es etwas anders. Wenn ich Hunger oder Durst hatte, meldete ich mich bei Mutter oder Großmutter, um ein Butterbrot, einen Apfel oder eine Tasse Milch zu bekommen. Mir war es wichtig, so lange wie möglich im Freien zu sein. Meist waren wir Gleichaltrige eine Gruppe von 2 – 3 Mädchen und eine von 3 – 4 Buben. Wir gingen in den Wald, auf den Burschel oder an einen kleinen Wassergraben.

Zeit zum Streiten – hatten wir auch. Wenn ich dann nach Hause ging, um meiner Mutter die Begebenheit zu erklären, meinte sie ganz knapp: du wirst angefangen haben! Meist teilten wir nur Schimpfworte aus. Schlägereien gab es mit uns Mädchen nicht. Außerdem war ich schnell wieder versöhnt, d. h., ich sagte dann: semer wieder guat? (sind wir wieder gut miteinander?). So war ich nicht lange eine beleidigte Leberwurst, wenn ich „blöde Kuh“, „dumme Gans“ oder „alte Petze“ oder „Mamakind“ genannt wurde.

Eine mir weniger angenehme Zeitbestimmung war der Satz: „Jetzt ist Zeit, ins Bett zu gehen!“ Dort war es immer langweilig, wenn ich noch nicht müde war. Meine Nachttischlampe war liederlich (schlecht), so dass ich auch nicht lesen konnte. Kuscheltiere gab es nicht.

Uhr – Zeit - Woher wussten wir, wie viel Uhr es ist? Auf unserer alten Schule war ein kleines Türmchen mit einem Glöckchen. Der Gemeindediener hat die Uhr betreut. Sie läutete um 6.00, um 12.00, um 15.00 Uhr (Mittagsläuten), um 19.00 Uhr und im

Sommer um 20.00 Uhr. Wenn jemand gestorben war, wurde auch geläutet.

Meine Mutter schrieb in mein Poesiealbum: Nütze die Zeit aus, und du wirst deines Lebens froh sein!

Radio

Über das Radio hatten wir die genaue Zeitangabe. Wir stellten kurz vor Beginn der Nachrichten das Radio an, meist vor 12.00 oder 20.00 Uhr. Genau nach dieser Zeitangabe wurden die Uhren im Wohnzimmer und in der Küche gestellt. Die Uhr im Wohnzimmer war eine Pendeluhr. Ihr Schlag, jede Viertelstunde, hatte einen vollen Klang. In der Küche war eine einfache Wanduhr.

Im Laden befand sich die originellste Uhr. Eine Schwarzwälder Kuckucksuhr. Oft kamen kleine Kinder mit ihren Müttern oder Großmüttern in den Laden, um den Kuckuck zu hören und zu sehen, wie der Fensterladen aufspringt und der Kuckuck mehrmals ruft. Meine Mutter hat das dann extra für das Kind passend eingestellt.

Eine ganz besonders schöne alte Uhr hing im Zimmerchen meiner Großmutter Apollonia. Ihr Ticktack war ruhig und gefiel mir. Doch ich musste leise sein, dass ich es hörte.

Außerdem hatte Großmutter einen tollen Wecker. Er bimmelte oft sehr lange, bis Großmutter das Stop-Hebelchen betätigte. Sie hörte nämlich schlecht.

In den Sommerferien war oft meine Kusine (Bäsle) Christa aus Percha bei uns. Wir beide gingen dann mit Großmutter abends in ihr Stübchen und Oma stellte für uns immer wieder den Wecker, damit er laut bimmelte. Das gefiel uns.

Meine Mutter besaß noch eine Armbanduhr, die sie jedoch nur sonntags trug. Auf Mutters Nachtkästle stand der unbeliebteste Wecker. Dieser gab am frühen Morgen, außer Sonntags, um 6.30 Uhr ein unschönes Rasseln von sich. 6.45 Uhr stand schon vom ersten Kunden aus Küpfendorf ein Karton vor der Ladentüre. Darin waren verschiedene Bestellungen, die bis 7.15 Uhr fertig gerichtet sein mussten. Der Bauer, der gerade den Fahrdienst hatte, hatte keine Zeit zum Warten. Zu Hause wartete die Arbeit auf ihn.

Manchmal waren auch noch zwei oder Kartons von den Nachbarn dabei, die kein Fahrzeug hatten. In de beigelegte Stoffsäckchen kamen zum Beispiel Zucker, Salz, Haselnüsse, Haferflocken usw. Sechs Mal in der Woche musste Mutter raus, auch wenn sie krank war. Als Geschäftsfrau war sie neutral und freundlich. Nie hörte ich von ihr etwas Unangemessenes über jemand sagen. Geklagt hat sie nicht. Doch auf den Sonntag freute sie sich sehr.

Ferienkinder

Sontheim ist ein kleiner, beschaulicher, ruhiger Ort. Doch langweilig scheint es für Kinder, die in der Stadt wohnen, nicht zu sein. Ganz im Gegenteil.
Warum? Im nahegelegenen Birkelwäldchen lässt es sich wunderbar spielen. Hütten und Höhlen bauen, Äste, Moos, Zweige, Blätter, Steine – alles ist da, was die Phantasie beflügelt. Auch der beliebte Burschel wird eingenommen von den Ferienkindern. Auf den Feldwegen erreicht man rasch die Wacholderwiese auf dem Knill. Auch die Mithilfe bei den Bauern in verschiedener Weise ist ein Abenteuer. Der Autoverkehr ist minimal, sodass die Fahrräder in Einsatz kommen. Ferienkinder Ingrid und Elke kommen zu Oma und Opa. Hartmut reist aus Heilbronn an, Götz aus Regensburg. Beide sind bei Tante und Onkel Kaufmann nebenan. Christa wohnt am Starnberger See, Renate darf aus Ulm zu uns kommen. Alle genießen unbeschwert ihre Ferien auf dem Lande und sind glücklich.

Ferien in Starnberg

Urlaubskarte
Ferien in Starnberg *01.08.1952*
Ihr werdet denken, warum schreibt denn die Christa heute aus München? Ja, heute bin ich mit Onkel Hans, Fredi und Christa in den Tierpark Hellabrunn. Ich war sehr erstaunt, als ich so viele und seltene Tiere sah. Christa und ich werden wahrscheinlich am Dienstag kommen. Ich war schon 4 Mal beim Baden. Viele liebe Grüße an Alle, Christa. Mit gefällt es so gut, dass ich am liebsten hier bleiben möchte.
Christa Kaufmann

Meine Mutter war aus Weilheim/Teck. Dort lebten noch zwei Brüder von ihr. Onkel Albert – mein Patenonkel –, zwei Kusinen und zwei Vetter, seine Frau und Onkel Max, der nicht verheiratet war.
Zu ihm durfte ich in die Ferien kommen. Tagsüber war er im Geschäft in Kirchheim. So konnte ich mit all den Nachbarskindern spielen. In Weilheim war ein schönes Schwimmbad. Meine Mutter sagte ja, wenn du nach den Ferien richtig gut schwimmen kannst, bekommst du 1 DM. Das war für mich viel Geld. Die Nachbarsbuben in meinem Alter nahmen mich mit ins Schwimmbad. Sehr oft schubsten sie mich in das große Becken, so dass ich ganz rasch die richtigen Bewegungen machte und das mit Erfolg, bis ich eine ganze Bahn schwimmen konnte.

Am Wochenende hatte mein Onkel frei. Wir sind große Touren gelaufen. Von Weilheim zur Burg Teck und zurück. Das ist ganz beachtlich. Abends hat er gekocht. Wenn ich ihn fragte: „Onkel, was kochst du?“, sagte er: „Herz und Lung, Furz, Arsch und Zung!“ Wenn ich gewusst hätte, was das ist, hätte ich kaum etwas gegessen. Aber das Essen schmeckte sehr gut. Einmal dachte ich, es wären geröstete Spätzle mit Ei. Er verriet mir, dass es Schneckenspätzle waren. Er hatte Weinbergschnecken gesammelt und verarbeitet!
Da er auch eine Lehre als Koch gemacht hat, brachte er mir bei, wie man am besten Schnittlauch fein schneidet.
Von meinem Großvater war noch eine Obstwiese da mit allerlei Obstbäumen. Auf eine Leiter getraute ich mich nicht, so zupfte ich eben die unteren Äste leer.

Für mich gab es kein Zimmer. Ich schlief im Wohnzimmer auf dem Sofa. Da der Onkel abends am Tisch vor dem Sofa saß und

las, verhängte er die Hälfte der Wohnzimmerlampe mit einer Zeitung, damit ich schlafen konnte.
Mir haben die Ferien in Weilheim immer sehr gefallen, weil ich so viel Freiheit hatte. Mit dem Omnibus bis Göppingen und weiter mit dem Bus bis Weilheim konnte ich alleine reisen.

Ferien in Ulm

Frau Hohly und Tochter Hilde kamen oft zu uns nach Sontheim. Nachdem sie ausgebombt waren, bekamen sie später endlich wieder eine Wohnung in Ulm. Leider im 4. Stock. Frau Hohly war ja schon älter und die vielen, vielen Treppen waren für sie sehr anstrengend. Ich habe dort auf dem Sofa geschlafen. Die Wohnung hatte einen Erker und von dort sah ich über einen Teil der Stadt. Nie zuvor hatte ich zerstörte Häuser gesehen, das war sehr schlimm. Sehr viel von der Stadt Ulm wurde zerstört. Das einzigartige Ulmer Münster mit dem 162 m höchsten Kirchturm der Erde wurde zum Glück nicht zerstört, allerdings beschädigt.

Mit Frau Hohly ging ich zum Einkaufen in die Stadt, um Lebensmittel zu holen. Nicht viel, denn sie musste sehr sparen. Ich erinnere mich an eine Möhrensaftmaschine, die ihnen jemand geschenkt hatte.

Tante Hilde, Frau Hohly, Tante Hilde und Erika

Geschälte Möhren und Äpfel wurden in die Öffnung oben gesteckt und mit lautem Getöse kam durch einen kleinen Ausflusshahn der frische Saft.
Während meiner Ferien in Ulm bei Frau Hohly und Tochter Hilde war ich 13 Jahre alt.

Herr August Hohly war Lehrer in der Dorfschule in Sontheim. Leider ist er im 1. Weltkrieg 1917 gefallen. Frau Hohly und Hilde zogen dann nach Ulm mit Sohn Dieter. Dieter musste in den Krieg und ist mit 28 Jahren im 2. Weltkrieg gefallen. Er hatte für mich ein Bilderbuch gemalt. Er wollte Architektur studieren. Meine Mutter erzählte mir, dass Dieter mich kleinen Wildfang sehr gern mochte. Ich sagte wohl des Öfteren: „Dieter da, Papa kommt auch."
Leider ist Dieter Hohly (geb. 28.2.1916) 1944 in Frankreich gefallen, mein Papa 1942 in Russland.

Dieter mit Christa

Ölgemälde Dieter Hohly 1940/41 (Privatbesitz Rücker)

Dieses Ölgemälde von Sontheim malte Dieter Hohly. Es hing in unserem Wohnzimmer und zeigt den Blick aus dem Fenster links zum Burschel (Burgstall) und Bettelhaus. Hinter der Hütte ist der Weg nach Gerstetten sichtbar.

Viele Klaviernoten waren angebrannt und kamen in unser Haus. Als die Amerikaner 1945 kamen, waren Hohlys einige Zeit bei uns. Hilde Hohly war Hausschwester und half armen Familien. Sie erzählte oft, dass sie in Familien kam mit Kindern, wo oft kein Mehl da war, um Spätzle zu machen.

Frau Hohly hatte Verwandte, die einen christlichen Buchladen hatten. Da gingen wir öfter hin, um Karten mit christlichen Versen zu kaufen.

Vor den Mahlzeiten zu Hause haben Frau Hohly oder Hilde immer schöne Gebete gesprochen und hinterher Gott gedankt für Speis und Trank. Abends lasen sie aus der Bibel oder einem christlichen Buch vor. Gesungen haben wir auch. Mir gefiel das alles sehr gut. Doch eines vermisste ich sehr. Einen Garten. Ich hätte nicht in einer Stadt wohnen wollen, obwohl Vieles interessant war, z.B. die Straßenbahn, der Wochenmarkt, verschiedene Läden mit Schaufenstern.
Zum Abschied bekam ich ein kleines bemaltes Holzdöschen mit Teller und ein Armband.

Frau Hohly war eine gütige, gläubige Frau, die nicht mit ihrem schweren Schicksal haderte. Ich habe sie und Hilde sehr lieb gehabt. Ich erlebte als Kind, dass diese Frauen (Kriegerwitwen wie Frau Hohly) ihren „Mann" stehen mussten und es auch konnten, ohne zu klagen. Wahrscheinlich hatte ich deshalb nie besonderen Respekt vor Männern.

Ferien in Heilbronn

Tante Lotte hatte zwei Kinder, Gerhard war so alt wie ich, Irmgard 2 Jahre jünger. Der Vater war Architekt und sie wohnten in einem sehr schönen Haus. Bestaunt habe ich das schöne, grün geflieste Bad mit WC. Im Garten gab es vielerlei Blumen wie sie bei uns auf der Alb nicht wuchsen, weil es zu kalt war. Hinter dem Haus waren große Kartoffelfelder. Bald sah ich, dass es da unzählig viele Kartoffelkäfer gab. Eine große Büchse voll sammelte ich ein, verschloss sie und nahm sie mit nach Hause. Das gab etwas Geld. Für 10 Kartoffelkäfer gab es 5 Pfennig. Es waren wohl 500 Stück, das waren 2,50 DM. Nach Ferienende gab ich die Kartoffelkäfer in der Schule ab.

Kartoffelkäfer

Auf den Kartoffeläckern in Sontheim gab es viele Kartoffelkäfer. Sie sind der gefürchtetste Kartoffelschädling. Es ist ein etwa 1 cm langer Blattkäfer mit je 5 schwarzen Längsstreifen auf dem gelben Untergrund der Deckflügel. Die Weibchen legen bis zu 1.500 gelbe Eier (in 2 – 5 Generationen je Sommer) auf die Blattunterseite ab. Die Larven sind sehr gefräßig und können in kurzer Zeit das Blattwerk ganzer Kartoffelfelder vernichten. Die Pflanzen gehen dann ein. Der Kartoffelkäfer wurde aus den USA eingeschleppt. Nach dem 2. Weltkrieg ist der Kartoffelkäfer in ganz Europa eingedrungen. (Bertelsmann Lexikon 1959, S. 861)
Die Plage war sehr groß. Alle Schüler unserer Volksschule gingen stundenweise auf die Kartoffelfelder. Reihe für Reihe wurden die Pflanzen entlarvt und von den Käfern befreit. Es wurde geschätzt, wie viel jeder gesammelt hatte. Die Larven waren eklig. Die Schädlinge wurden vor der Schule mit zwei Backsteinen getötet.
In einem Heft wurde notiert, wie viel jeder abgeliefert hatte. Oft ging ich, wenn es nicht so heiß war, ganz allein auf die Kartoffelfelder in der Nähe des Dorfes und sammelte ein, soviel ich konnte. Meine Mutter sagte oft, du machst mehr an den Schuhen kaputt als was du nachher an Geld bekommst. Ja, am Ende der Aktion bekam ich tatsächlich am meisten Geld. 19,50 DM. Das war viel. In Steinheim, im Schuhgeschäft, kaufte ich mir ein Paar braune, halbhohe Schnürschuhe für Herbst und Winter. Mutter ließ zwischendurch die Absätze richten und die Schuhe neu besohlen.

Herbst

Das Steinheimer Becken ist umsäumt von Wald. Im Frühling erfrischt das frische Grün Herz und Gemüt. Im Sommer werden die Blätter der Laubbäume kräftiger und dunkler. Doch dann kommt der Höhepunkt der Farbschönheit. Vom hellen Gelb, rotbraun, dunkelbraun, zinnoberrot bis zum knallrot der Vogelbeerbäume, d.h. deren Früchte. Ein Inferno der Farben. Sonntags sind viele Sontheimer durch den bunten Herbstwald nach Küpfendorf hoch gewandert.

Im Zeichnen gab uns Herr Lehrer Ensinger immer ein Thema vor, welches wir aus unserer Sicht darstellen sollten.

Thema: Wie verändert sich im Laufe des Jahres der Wald in seinen Farben. Frühling, Sommer, Herbst.

Mit Freude malte ich mein Bild. Zuerst mit Bleistift, dann mit Wasserfarben.

Herbstgedicht:
Dies ist ein Herbsttag wie ich keinen sah!
Die Luft ist still als atmete man kaum,
und dennoch fallen raschelnd, fern und nah,
die schönsten Früchte ab von jedem Baum.
Oh stört sie nicht, die Feier der Natur!
Dies ist die Lese, die sie selber hält,
denn heute löst sich von Zweigen nur,
was von dem milden Strahl der Sonne fällt.
Friedrich Hebbel 1830 – 1863
(aus dem Schulheft)

Der Herbst ist die Zeit der letzten Reife. Eines Morgens hielt vor unserem Haus ein LKW. Spedition Raff war zu lesen. Was bringt er uns? Zwei große Weidenkörbe, obenauf Rupfenstoff, der schön eingenäht war, so dass nichts aus dem Korb heraus fiel. Mama ahnte, was es war. Zwetschgen und Birnen aus Weilheim.
Mutter hatte die Baumwiese, nach dem Tod von Großmutter 1945, ihren Brüdern abgekauft. Bruder Max hat das Obst geerntet und seiner Schwester zukommen lassen. Im Juli kamen Kirschen. Die vielen Zwetschgen mussten rasch verarbeitet werden. Eindünstkessel und Gläser wurden gerichtet. Gummiringe ausgekocht. Erst die Zwetschgen entsteinen, dann flach in die Gläser einschichten, Zucker oder Zuckerwasser darüber, Glasrand befeuchten, Ring drauf, Deckel zu, Klammer drüber und ab in den Eindünstkessel. Zeit und Temperatur war vorgegeben.
Meine Mutter wollte auch ganze Zwetschgen zu Kompott, aber nicht nur blaue. So wurde die Natur überlistet, die Zwetschgen wurden in kochendes Wasser gegeben und dann geschält. Jetzt waren sie gelb. Vom Rest der Zwetschgen gab es Marmelade und natürlich einen frischen Zwetschgenkuchen. Die großen und kleinen Birnen wurden alle eingeweckt. Unsere Vorratshaltung über den Winter an Obst und Gemüse war jetzt gedeckt.

Rote Beete waren gekocht in einen Steintopf gegeben und wurden mit heißem Essigwasser übergossen und mit Zellophan zugebunden und in den Keller gestellt.
Bei all diesen Arbeiten „durfte“ ich mithelfen.

Kartoffeln

In Sontheim gibt es gute Kartoffeln. Doch ist es eine anstrengende „Handarbeit“. Auch die Kinder gehen mit zum Kartoffel „klauben“, d.h. aus der Erde auflesen in einen Eimer. Viele Kartoffeln wurden angepflanzt. Wir kauften jedes Jahr 5 Zentner. Der Bauer trug sie in den Keller, wo sie auf dem Naturboden (Lehmerde) gelagert wurden.

Foto: H. Ensinger

Grombira – Erdäpfel – Äpfel

Ich Sontheim/Stubental gab es keine Äpfel. Da jedoch gerne Most getrunken wurde, mussten Äpfel und Birnen vorhanden sein. Viele Bauern fuhren weit mit den Pferden und beladenen Wagen, auf welchen viele zentnerschwere Kartoffelsäcke waren. Von unserem Nachbar Wilmenbauer wusste ich, dass er, wenn ich noch schlief, schon mit der Sturmlaterne am Wagen auf dem Weg nach Geislingen war. Die Pferde liefen über Söhnstetten, Steinenkirch die kurvenreiche Eybacher Steige hinunter bis Geislingen. Der Bauer war stark beschäftigt, die Steige hinunter zu miggen (bremsen). Die Reise war noch nicht zu Ende. Wieder ging es weiter, jedoch den Berg hoch zum „Grünen Berg“. Das ist ein Gasthof. Die Kartoffeln wurden abgeladen. Äpfel für den Most und zum Essen – aufgeladen. Wieder musste der Bauer laufen und miggen. Es ging ja bergab. Auch die Eybacher Steige hoch lief er neben den Pferden, er wollte die schwere Last durch sein Gewicht nicht auch noch erhöhen. Froh waren sicher die Pferde und der Bauer, als sie in Steinenkirch waren. Endlich konnte der Bauer aufsitzen. Die Familie war froh und dankbar, als der Vater am Abend wieder zuhause war. Die Pferde bekamen für ihren fast 60 km langen Marsch sicher eine extra Portion Hafer.

Rübenernte

Meine liebste Arbeit im Herbst war die Rübenernte. Da half ich gerne beim Bauern. Es waren meist schöne Tage und es war vor allem nicht mehr heiß.
Die Erde war abgetrocknet und so ließen sich die Rüben gut herausziehen. Natürlich hatte jeder Arbeiter eine große, blaue Schürze an. Die Rübe wurde auf den Oberschenkel gelegt und die trockene Erde abgekratzt. Dann wurde das Kraut abgeschnitten.

v.l.: Marianne Mack, Lisa geb. Semle, Gretel Mack
(Foto Herr Ensinger)

Rüben und Kraut wurden getrennt. Jetzt kam eine anstrengende Arbeit. Der Bauer kam inzwischen mit dem Leiterwagen. Auf diesen wurden die Rüben geworfen. Zu Hause kam das Abladen. Unter dem Heustadel von Nachbar Wilmenbauer war der Rübenkeller. Vom Wagen bis zum Kellerfenster wurde ein Brett gelegt. Nun hieß es, die Rüben auf das Brett werfen, damit sie in den Keller rollten (hurgelten). Im Werfen war ich schon immer schlecht und traf ab und zu neben das Brett oder an den Fensterrahmen. Da wurde geschimpft, denn die Rübe wurde verletzt. Im Keller kann die Rübe dann faulen, das ist nicht gut. So habe ich dann besser aufgepasst, denn ich wollte ja meine Arbeit gut machen, damit ich danach mit gutem Gewissen mein geliebtes Leberwurstbrot essen konnte.

Riabagoischt

Jetzt war Herbst, die Rüben waren geerntet. Zeit, eine Rübe zu besitzen, Nachbar Wilmenbauer frug ich, ob ich eine Rübe bekommen könne. er sagte; „no suachscht dr halt a schene, große „Riab raus vom Haufa“. Mit der schönsten Rübe ging ich freudig heim. Großmutter gab mir ein altes Messer mit einer etwas stumpfen Klinge. Das Aushöhlen der Rübe war „a Gschäft“ und ich sollte mich nicht schneiden, wenn Mund, Nase, Augen ausgeschnitten wurden. Bei mir waren die Augen nie auf gleicher Höhe, aber das machte ja nichts, das Gesicht sollte etwas gruselig aussehen. Schließlich war alles fertig bis auf die Beleuchtung. Alte Kerzenstumpen wurden in den Rübenboden gedrückt und angezündet. Von einem Gartenmäuerchen aus leuchtete der „Riabagoischt“ mit breitem Mund und ein paar Zahnstummeln, hellen Augen und großer Nase in die Nacht hinein. Das Schönste war, wenn andere Kinder mit ihrem „Goischt“ auf die Straße kamen. Freudig und mit etwas gruseligen Lauten liefen wir durch die Gassen.

1947 war ein starkes Bucheckernjahr. Wir sagten „Buchele“ dazu. Unser Onkel Wilhelm hatte ein Stück eigenen Wald.

Er nahm mich mit zum Buchele sammeln. Mit einem dicken Prügel schlug er an die Bäume, damit durch die Erschütterung die oben gebliebenen Früchte noch herunterkamen. Zuerst wurden allerdings große Planen auf den Boden gelegt.
Aufgelesen wurde, bis alles sauber war. Die Ausbeute kam in einen Sack und dieser in das Leiterwägle zur Heimfahrt. Abgegeben wurden sie in der Ölmühle und dafür gab es Bucheleöl. Unser Nachbarmädchen Martha hat einmal 1 Zentner alleine gesammelt. Ihr Vater fuhr mit den Pferden, wovon eines Moritz hieß, bis nach Weißenstein in die Ölmühle. Das waren 20 km und die steile Weißensteiner Steige war zu bewältigen.

In meiner Erinnerung habe ich noch den Duft der vielen guten Kuchen, welche die Frauen gebacken haben, in der Nase. Es waren flache Kuchen, die mit Zwetschgen oder Äpfeln belegt waren. Wir sagten dazu „Blatz". Bei Wilmenbauers aß ich mit Freuden „Doppelblatz". Auf den Hefeboden kamen gedämpfte Äpfel (wie Apfelmus) und obendrauf noch ein Teigdeckel. Es gab auch „Zwiebelblatz". Der dünne Hefeteig kam auf ein viereckiges Blech. In Schmalz gedämpfte, kleingeschnittene Zwiebeln draufgestrichen. Sauerrahm, Eier, Salz, Kümmel werden vermischt und auf die Zwiebelmasse verteilt. Reichlich „Grieben" werden oben drüber verteilt. Dazu gab es frisch gepressten Apfelsaft. Guten Appetit!

Vorweihnachtszeit

Jetzt galt es, dem Nikolaus einen Wunschzettel zu schreiben. Das Brieflein wurde auf die Fensterbank gelegt. Es wird schon mitgenommen werden.

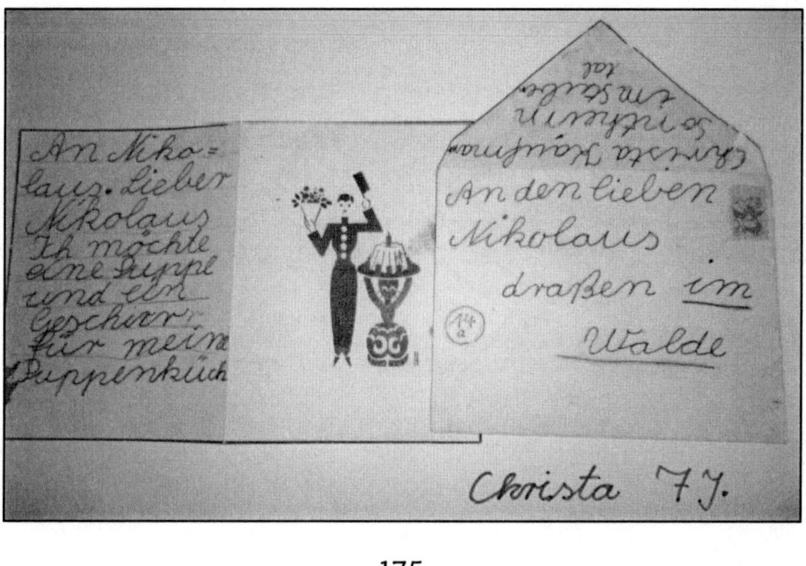

Ein Adventskranz aus frischem Tannengrün wurde gebunden und mit vier roten Kerzen geschmückt. Jetzt galt es, Weihnachtslieder und Gedichte zu lernen, denn der Nikolaus wollte hören, ob wir auch etwas wussten und konnten.
Am Klavier habe ich Weihnachtslieder geübt. Großmutter und Mutter haben begonnen, „Bredle“ zu backen. Zum 1. Advent gab es Spritzgebäck. Dann wurde „Hutzelbrot“ (Früchtebrot) gebacken. Mutter hatte vor Weihnachten auch viel mehr zu tun als sonst. Es wurden Backwaren und Geschenke gekauft. In der Schule übten wir für die Weihnachtsfeier. Da ich meist ein großes Stück auswendig zu lernen hatte, hörte Großmutter mich ab. Ihr Gehör war schon immer schlecht. Daher sprach ich als Kind mit Großmutter sehr laut. Dies kam mir beim Theaterspielen zu Gute. Es gab kein Mikrofon und der Saal in der Gaststätte war groß.

Weihnachtsgeschenke selbstgemacht

Weihnachtsgeschenke waren meist Handarbeiten. Ich hatte ja kaum Geld, um etwas zu kaufen. So gab es einen gehäkelten Ta-

schentuchbehälter, gehäkelten Schutz für die Bettflasche, gestickte Deckchen oder Sofakissenhüllen, Buchhüllen aus Bast, kleine gehäkelte Taschen oder eine Wäscheklammerschürze.
Wenn ich mit der Nähmaschine etwas nähte, z. B. eine Schürze, besuchte ich die „Tante am Eck" und durfte dort nähen. Mutter sollte ja nichts bemerken. Für Großmutter habe ich meist etwas gebastelt. Z. B. Einen Topfuntersetzer oder ich häkelte ihr Topflappen. Mutter und Großmutter freuten sich sehr über diese selbstgemachten (heimlich entstandenen) Geschenke.

Weihnachtsfeier des Gesangvereins

Die Weihnachtsfeier des Gesangvereins wurde jedes Jahr ein Höhepunkt. Viele Vorbereitungen waren nötig. Nicht nur das Singen wurde geübt, sondern es wurde fleißig geprobt für das Theaterstück.
Schon 1917 wurde eine Theaterbühne angeschafft. Im Saal vom Gasthaus Rößle war am 17. Dezember 1917 die erste Weihnachtsfeier. Rechtzeitig mussten wir im Rößle sein, denn schon eine halbe Stunde vor Beginn war der Saal voll. Erst wurde gesungen, geredet. Dann kam die geliebte Pause. Es duftete schon einige Zeit nach Bratwürsten, zu denen es Kartoffelsalat mit Wecken oder Brot gab. Lose wurden verkauft, denn die schönen Gewinne, die auslagen, reizten zum Kauf der Lose. Es gab Schokolade, Pralinen, Wein, Briefpapier, Fahrrad-Flicksachen, Lineale, kleine Handwerkszeuge und vielerlei andere schöne Dinge, die gespendet wurden.
Nach der Pause wurde es still, der Vorhang ging auf. Auf die erhöhte Bühne waren Kulissen aufgestellt. Meist war es eine Zimmereinrichtung mit 2 Türen. Die Theaterspieler mussten ja irgendwie in den Raum kommen und wieder abgehen. Die Spieler waren toll gekleidet oder verkleidet. Es gab immer viel zu lachen.

Mir hat das sehr gut gefallen. Viel Beifall für die Theatergruppe. Fast alle sprachen schwäbisch, wenn es die Rolle nicht anders vorgab.
Dann wurden die Losgewinne abgeholt, das Glas geleert und vor dem Heimgehen noch miteinander gesungen.
Im Saal vom Gasthaus Rößle haben 160 Personen Platz. Sämtliche Feste im Dorf fanden hier statt. Hochzeiten, Weihnachtsfeiern, Tanzveranstaltungen, z.B. Maientanz, Theatervorführungen.
An den Weihnachtsfeiern der Schule stand ich auch auf dieser Bühne. Es machte mit Spaß, Theater zu spielen.

Winter im Dorf

Es schneielet, es beielet,
die Bauern fahren Mist,
sie sitzen auf den Schlitten nauf
und schreiet hot und hüst!

Hurra, die ersten Schneeflocken! Wir freuten uns! Gleich wurde der Schlitten von der Bühne geholt und die Skier samt Stöcken. Nichts wie raus.
Ich hatte dunkelblaue Trainingshosen, die innen aufgeraut waren, Schnürstiefel, eine warme Mütze, einen Schal und gestrickte Handschuhe. Am Burschel oder Birkel oder Heckenbuckel wurde gerodelt. So lang es ging blieb ich draußen. Gegen 16.00 Uhr wurde es kalt und es ging heim.
An den Schuhsohlen hatten sich dicke Beläge aufgetürmt und an der Trainingshose hingen Eisklumpen. Die Hose war nass vom Schnee. Im Hauseingang war es rutschig mit den Schneeschuhen, da hieß es aufpassen. Nichts wie schnell umziehen, Kleider trocknen und in die Stube. Ach, wie angenehm war jetzt die warme Stube.

Manchmal waren Grieben vom Schmalz auslassen auf einem Aluminiumteller im Ofen. Ich wartete, bis sie heiß waren und aß sie dann gerne mit etwas Salz und Brot. Auch Bratäpfel kamen auf einem Aluminiumteller in den Ofen. Es war köstlich, wenn sie dufteten und sie schmeckten sehr gut. Meist gab es Lindenblüten – oder Hagebuttentee zum Aufwärmen.

Helft den hungernden Vögeln, Schulzeichnung von Christa)

Im Vorgarten stand ein großes Vogelhäuschen. Die Vögelchen konnten gut beobachtet werden.

Ihr Futter waren Sonnenblumenkerne. Wenn wir einen Apfel aßen, legten wir die Kerne auf den Fenstersims vom Wohnzimmer. So kamen die Vögelchen ganz nahe ans Fenster.

Der Winter war auch die Zeit der Handarbeiten. Stricken, sticken, häkeln.

Schulaufsatz von Christa

Winterfreuden

Als der Winter ins Land zog, freute sich jung und alt. Als der Schnee einige Zentimeter hoch lag, holte ich gleich alles von der Bühne herunter, was ich zum Wintersport brauchte. Mein Schlitten stand jetzt lange genug im Ruhestand, und jetzt sollte er aber strapaziert werden. Einige Meter entfernt standen meine Schier und Stöcke. Ich trug alles hinunter und nahm meinen Schlitten und wollte gleich probieren, ob es auch läuft. Ich war nicht allein auf der Schlittenbahn. Viele Mädchen und Knaben erfreuten sich an dem schönen weißen Schnee. Am Wegrand standen ein paar kleinere Buben, und bauten sich einen Schneemann. Der kleine Willi und der Georg warfen sich gegenseitig Schneeballen zu; die übrigen Kinder rodelten. Wenn ich immer vom Schlitten gefallen bin, haben mich die anderen natürlich ausgelacht. Auf einmal hörten wir ein Klingen. Da fuhren wir schnell den Berg hinunter und richtig, da kam ein Bauer mit seinem Schlitten und zu unserer Freude war er leer. Wir hängten unsere Schlitten an, und fort gings im Sausewind. Als es mehr geschneit hatte, fuhr ich auch Schi. Sie mussten natürlich vorher gewachst werden. Wir machten eine Schitour nach Küpfendorf. Wir fuhren ein Stück der Eschentalstraße nach, und bogen dann links ab. Wir hatten so eine Geschwindigkeit, und der Weg war voll Reisig, dass wir alle samt und sonders hinfielen. Wir kamen an der Geißbergschütte heraus, und fuhren dann vollends heim.

Zeichnung Christa Kaufmann, 13 Jahre

Die Wildsau

Den ganzen Tag hatte es geschneit. Der Bahnschlitten räumte die Schneemassen zur Seite. Die Straße war jedoch so glatt, dass es unmöglich war, mit dem Fahrrad nach Steinheim zum Turnen zu fahren. Schwänzen durfte ich nicht, Mama ließ es nicht zu. Trudel kam auch schon angestapft. Wir holten noch ein Turnmädchen ab und gingen miteinander auf der glatten Straße nach Steinheim, 2 km. Als die Turnstunde vorbei war, machten wir uns auf den Heimweg. Zum Glück war es nicht so dunkel. Die weiße Winterpracht und die Felder wurden durch den Schein des Vollmondes erhellt. Aber was war das? Da vorne, ein schwarzer Fleck.

„Das ist eine Wildsau" sagte ich, „hier gibt es ja so viele. Keinen Schritt mehr gehe ich vorwärts." Wir drei Mädchen zweifelten plötzlich nicht mehr an meiner Meinung. Wir hatten nun doch etwas Angst. Trudel sagte „ich hole meinen Onkel Paul, gehen wir doch zurück zu seinem Haus." Als ihm aufgeregt berichtet wurde, wovor wir Angst hatten, ging er mit uns. Immer näher kamen wir der vermeintlichen Wildsau. Wir waren froh an unserem Beschützer. Plötzlich blieb der Onkel stehen und sagte in ruhigem Ton: „Mädla, ihr kennat ohne Angscht hoim laufa, eier Wildsau ischt a Mischthaufa." Da mussten alle herzhaft lachen. Dem Onkel dankten wir erleichtert für die Begleitung in der mondhellen Winternacht.

Weihnachten

Von unserem Nachbarn bekamen wir den Weihnachtsbaum aus seinem Wald. Mutter spitzte den Stamm so, dass er fest im Christbaumständer stand.

Der Blumenständer wurde beseitigt und der Tannenbaum, eine Fichte, fand seinen Platz. Von der Bühne wurde die „Weihnachtskiste" geholt. Schöne, bunte Christbaumkugeln glänzten aus den Schachteln, auch Tannenzapfen silbrig glänzend und Glöckchen.
Die Kinderkirch-Weihnachtsfeier war immer vor dem Heiligen Abend. Es gab ein Krippenspiel und viele Weihnachtslieder wurden gesungen, die wir vorher gelernt hatten und von denen ich heute noch viele auswendig kann. Zum Beispiel:

Der Heiland ist geboren, freu dich, o Christenheit,
sonst wär'n wir verloren, in alle Ewigkeit.
Freut euch von Herzen, ihr Christen all,
kommt her zum Kindlein in den Stall,
freut euch...
EG Nr. 49

Wir Kinder bekamen eine Tüte mit Gutsle (Weihnachtsgebäck), ein schönes Kärtchen mit einem Bibelspruch und eine Kerze oder Ähnliches.

Auf unserem Heimweg waren wir fröhlich und manches Lied wurde noch gesungen. Zum Beispiel:

Morgen Kinder wird's was geben, morgen werden wir uns freun,
welch ein Jubel, welch ein Leben, wird in unserer Stube sein.
Einmal werden wir noch wach, heißa, dann ist Weihnachtstag.

Einmal bekamen wir eine kleine, bunte Laterne aus Plexiglas. Das war für mich als 10jährige etwas Besonderes. Mit den bunt leuchtenden Laternen gingen wir Kinder mit unseren Begleitern (meist Mütter, weil viele Väter im Krieg gefallen waren) durch die dunkle kalte Winternacht. Die Sterne funkelten am Himmel, der Schnee knirschte unter unseren Stiefeln.

Weihnachtsbaum schmücken

An Heilig Abend hatte Mutter so viel im Laden zu tun, dass der Baum schon einen Tag vorher geschmückt wurde. Echte Wachskerzen in rot oder weiß und viel Lametta waren die Zierde des Baumes.

Christa Kaufmann 12 Jahre

Unten am Baum hingen kleine Kugeln oder solche, die nicht mehr schön waren. Warum? Wir hatten doch stets eine Katze. Wenn sie sich in der Weihnachtskugel erkannte, schlug sie danach und dann benötigten wir Kehrschaufel und Besen.

Die Weihnachtsfeier der Volksschule Sontheim i. St. 1947 mit ca. 50 Kindern der Klassen 1 – 8 war eines der Höhepunkte des Jahres im Dorf.
Im großen Saal des Gasthauses Rößle war jeder Platz besetzt. Es gab eine Bühne auf der die Aufführungen zu sehen waren. Gesungen wurde in Sontheim immer gerne und wir Kinder hatten auch unsere Freude daran.

Programm:
1. Weihnachts-Fantasie (Ascher, Klavier vierhändig) – Christa und Werner Kaufmann
2. Begrüßung durch den Lehrer
3. Begrüßung durch die Schüler – Christa Kaufmann (Zwiegespräch v. Wilh. Schilpköter) – Rud. Fischer
4. Die Waisenkinder (Weihnachtsspiel v. Schmid) – 4.-8. Klasse

PAUSE

5. Alle Jahre wieder.... – Unterklasse
6. Vom Christkind (Anna Ritter) – Erna Helber
7. Der Heiland ist geboren.... – Oberklasse
8. Kommet ihr Hirten ....
9. Du lieber heilger frommer Christ (Ernst M. Arndt) – Wiltrud Bürger
10. Ihr Kinderlein kommet... – Unterklasse
11. Was das Christkindlein sagt (Des Knaben Wunderhorn) – Johanna Beck
12. Wenn Weihnachten ist... – Unterklasse
13. Christkinds Gaben (Annelie Hajer) – 1. Schuljahr

14. Knecht Ruprecht (Martin Brelitz) – Herbert Fink, Gerh. Kotitschke
15. Knecht Ruprecht bringt Weihnachtspäckchen
16. Gemeinsames Schlusslied: Stille Nacht, Heilige Nacht.

Da ich sehr gut und schnell Texte lernen und behalten konnte, betraute mich der Lehrer mit der Hauptrolle in verschiedenen Theaterstücken. Einmal spielten wir das Stück „Das Mädchen mit den Schwefelhölzern". Ich spielte das Mädchen. Ehe ich erfror und tot von meinem Hocker fiel, haben einige Leute schon geweint, das weiß ich noch ganz genau.
Die Pause war etwas sehr Wichtiges. Da gab es prima Bratwürste, Kartoffelsalat und Wecken. Für uns war das ein Festessen. 1947 – mein Bruder Werner war 11 Jahre, ich 8 Jahre alt, da spielten wir vierhändig Klavier. Wir hatten vorher fleißig geübt und so klappte es gut. Am Ende der Vorführungen kam Knecht Ruprecht und brachte Päckchen. Für uns Kinder war es ein wunderbares Fest.

Am Heiligen Abend

Mein Bruder und ich warteten gespannt, ob das Christkind und der Pelzmärte wohl bei uns vorbeikämen.

O ja, ich hörte ein Glöckchen und schon öffnete sich die Türe. Das Christkind trug ein weißes Kleid, einen Schleier und am Arm ein Körbchen mit Süßigkeiten. Der Pelzmärte hatte eine Rute, eine Mütze auf und einen Bart. Er wollte ein Lied oder ein Gedicht hören. Damit hatte ich keine Probleme. Es gab nie Haue, sondern etwas aus dem Körbchen. Einige Zeit später, als wir zur Haustüre hinaussahen, stand dort ein Korb.

Rasch wurde er ins Zimmer getragen. Was war wohl alles darin enthalten?

Schöne bunte Päckchen mit Schleifen und Namen versehen. Großmutter verteilte sie. Die Freude war groß über einen gestrickten Pullover, ein spannendes Buch, 12 bunt getupfte Taschentücher, eine Flöte oder Mundharmonika, ein spannendes Spiel und Süßigkeiten.

Traditionell gab es Kartoffelsalat und Saitenwürstle. Einmal wünschte sich mein Bruder 1 m Schinkenwurst. Er freute sich riesig über fast 1 m Saitenwürstle.
Im Laufe des Abends wurden viele Weihnachtslieder gesungen. Mutter begleitete auf dem Klavier, später auch Werner und ich. Das erste Lied war stets

Alle Jahre wieder, kommt das Christuskind,
auf die Erde nieder, wo wir Menschen sind.
Kehrt mit seinem Segen, ein in jedes Haus,
geht auf allen Wegen, mit uns ein und aus.
Ist auch dir zur Seite, still und unerkannt,
dass es treu dich leite, an der lieben Hand.

Wilhelm Hey

Am 1. Weihnachtstag gab es zum Frühstück Kakao und Quarkstollen. Zum Mittagessen gab es einmal eine Ente, die mit Äpfeln gefüllt war.

Am Nachmittag ging ich zu Nachbar Wilmenbauer, um zu sehen, was das Christkind den Kindern Hans und Martha gebracht hatte. Stolz und freudig zeigten sie mir ein Filmgerät. Das Zimmer wurde verdunkelt und dann war ein lustiger Stummfilm zu sehen. Das war toll. Im ganzen Dorf hatte sicher niemand so eine Neuigkeit. Ein kinderloser Onkel schenkte den Kindern diese Besonderheit.

Unser neues Schulhaus

Am 19.2.1952 war die feierliche Einweihung.

Christa war der gute Geist der Schule und trug mit schlotternden Knien ein Gedicht vor. (Es war sehr kalt!)

Pausenhof mit Toiletten

Viele prominente Gäste

Ein Tag vor der Einweihung sollten die Sontheimer Bürger um den Bereich des Schulhaus Neubaues die Misten mit Tannenreisig abdecken. Da sagten sie im Wirtshaus Rößle-Beißwanger: „Mir wartet, obs net schneiet.“ Ja, so wars dann auch. Es hatte 10 cm Schnee und es war sehr kalt.

Hurra, wir bekommen eine neue, schöne, große Schule! Es war interessant zu sehen, wie so ein großer Bau entsteht. So wird auch der „Hülbengraben“ zugeschüttet. Es war immer ärgerlich, wenn der Ball in diesen Dreckgraben gefallen ist. Der Bau bekam ein Türmchen. Dort ist die Uhr vom alten Schulhaus verwendet worden. Eine Glocke wurde gegossen. So konnten wir alle wieder das Läuten der Glocke hören.
Bürgermeister Hahn sagte in seiner Rede: Es soll euch eine Lust sein, hier in diesem schönen Gebäude mehrere Jahre verweilen zu dürfen und so oft die Glocke ertönt denkt an den mit eingegossenen Spruch

Ich läute zum Beten
zur Arbeit, zur Ruh –
Gott gebe Frieden und
Segen dazu.

Das lange Einweihungsgedicht vom guten Geist der Schule habe ich aufgesagt. Von meiner Mutter hatte ich noch ihr weißes Turnkleid. Mir reichte es bis zum Boden. Bei der Tante am Eck musste ich vorbei und sie steckte mir an den Saum des Kleides Blüten von einem Primelstock.

Viele Ansprachen mussten wir Schüler über uns ergehen lassen. Wir waren froh, als wir endlich unser gut eingeübtes Lied singen durften. Endlich war dieser anstrengende Teil vorbei und wir freuten uns sehr über eine Brezel, die jeder bekam.

Brüder reicht die Hand zum Bunde!
Diese schöne Feierstunde
führ uns hin zu lichten Höhn!
Lasst was irdisch ist, entfliehen,
unserer Freundschaft Harmonien
dauern ewig, fest und schön,
dauern ewig, fest und schön.

Preis und Dank dem Weltenmeister,
der die Herzen, der die Geister
für ein ewig Wirken schuf!
Licht und Recht und Tugend schaffen

durch der Wahrheit heil'ge Waffen
sei uns göttlicher Beruf,
sei uns göttlicher Beruf.

Ihr, auf diesem Stern die Besten,
Menschen all im Ost und Westen
wie im Süden und im Nord!
Wahrheit suchen, Tugend üben,
Gott und Menschen herzlich lieben,
das sei unser Losungswort,
das sei unser Losungswort.

Bundeslied aus „Unser Liederbuch", Band 2, Ausgabe B

Öffentliche Bademöglichkeit 1952

Das war eine Duschmöglichkeit für Schulkinder und eine Wannenbadmöglichkeit für Erwachsene in der Schule.

Als die neue Schule fertig war, wurden die Duschen eingeweiht. Unser Lehrer wollte wissen, wie es uns gefallen hatte. Die Buben hatten Badehosen, die Mädchen Badeanzüge an. So hieß das Thema des Aufsatzes „Beim Duschen“. Ein Schüler schrieb: Der Lehrer ließ es laufen und wir stellten uns darunter.

Das Wannenbad kostete pro Person 1,50 DM. Gebadet werden konnte am Samstagnachmittag und am Samstagabend. Es standen zwei Badewannen zur Verfügung, in getrennten Räumen. Im Vorplatz war eine Holzsitzbank. So wartete Männlein oder Weiblein, bis eine Wanne frei wurde. Es war oft eine unterhaltsame Wartezeit. Frau Anna hat die Wannen tiptop nachgeputzt. Das Badevergnügen konnte starten.
Meist badete ich mit einer Freundin. Es war derselbe Preis, 1,50 DM und jeder sparte 75 Pfennig.

Zu unserem Haus gehörten allerlei Tiere

Hühner

Hinter dem Haus waren die Ställe für die Tiere. Ein Hühnerstall, ein Hasenstall und ein Saustall ohne Sau.
Die Hühner waren morgens die ersten „Bewohner“, die zu hören waren mit ihrem Gegacker. Sie hatten Hunger, was der Gockelhahn mit seinem Kikeriki unterstützte. So wurde ein kleines Schieberchen geöffnet und die Hühner sprangen putzmunter heraus. In der Futterschüssel war Kleie, die mit etwas Wasser angerührt wurde. Manchmal kam etwas Legemehl dazu. Die Körner wurden mit der Hand auf den Boden gestreut und Großmutter rief – komm Bibi – komm!
Das Hühnerfutter wurde bei den Bauern gekauft. Es gab auch eine „Miste“ auf dem Hof. Darauf kamen alle Gemüseabfälle

vom Haus und Garten. Da fanden die Hühner allerlei Grünzeug. Wir Kinder rupften auch Gras auf der Wiese und streuten es den Tieren hin. Die Hühner stritten dann oft miteinander. Sie waren futterneidig. Manchmal hatten wir 20 Hühner. Einmal sogar 4 Enten.

Der Hühnerstall mit aller Arbeit und Freude (Eier holen) war Großmutters Revier. Manchmal, wenn die jungen Küken ausgeschlüpft waren, erwartete Großmutter gespannt, wie viel Hennen oder Göckele es wohl sind. Waren es viele Göckele, gab es später einen schmackhaften Sonntagsbraten – gefüllte Hähnchen. Lecker! Ein Hahn durfte am Leben bleiben. Als der junge Hahn vom Sexualtrieb getrieben auf eine Henne steigen wollte, passte Großmutter auf, wie oft er dieses „Aufhüpfspiel" trieb, bis es klappte. Dauerte es lange, sagte sie: „So ein dummer Gockel!"
Wenn eine Henne brüten wollte, d.h., auf den Eiern sitzen, damit später kleine Küken kamen, war das nicht in Großmutters Sinn. Wir hatten schon genug Nachwuchs. So kam die Henne in eine Kiste in den Keller, wo es dunkel war. Wasser und Futter bekam sie aber. Bald waren diese wenigen Umerziehungstage vorbei. Das Huhn legte wieder Eier.

In den sehr kalten Wintermonaten Dezember und Januar legten die Hühner nicht. So musste ein Eiervorrat angelegt werden. In ein Eimerchen kam Wasserglas, welches eine sulzige Masse wurde. Vorsichtig wurden die Eier eingelegt. Das Eimerchen stand im Keller. Ich habe nie gerne ein Ei oder zwei geholt. Diese glitschige Masse war kalt und außerdem musste ich aufpassen, dass ich das Ei nicht zerdrückte, ehe ich es in ein Schüsselchen legte.

Große Freude hatte ich an den kleinen Biberle-Küken. Sie bekamen Haferflocken mit gehacktem, gekochtem Ei. Das schmeckte ihnen.

Gestört an den Hühner hat mich, was nach dem Fressen wieder herauskam.

Großmutter füttert die Hühner

Überall war Hühnerdreck. Wir waren doch im Sommer barfuß. Dann quietschte es zwischen den Zehen – oh, pfui! Füße waschen in der Waschschüssel war zwingend. Meine Vettern aus Bayern haben als Kinder auf der Wiese Gras gezupft und den „Henadreck“ in frischem Zustand gleich zugedeckt.

Hasen

Mama füttert die kleinen Hasen

Wir hatten immer Hasen. An den kleinen Hasen hatte ich als Kind sehr große Freude. Im Garten zupfte ich die besten Löwenzahnblätter für sie.

Hatte Großmutter bemerkt, dass die Hasen nicht mehr fraßen, bekamen sie Petersilie. Das war gut für die Blähungen. Die Hasen vermehrten sich rasch und am Ende hatten wir 45 Stück. Leider wurde uns der letzte Hase gestohlen.

Damit es kleine Häschen gab, musste die Häsin zu einem Männchen/Rammler. Großmutter packte die Häsin in einen Sack und ging damit zum Nachbarn Leonhard, zum Hasendecken. Wenn

dann die Häsin anfing, sich Haare auszurupfen und ein Nest zu bauen, sagte Großmutter: „Jetzt bekommen wir bald junge Häschen."
Die Häschen wurden von der Mutter gesäugt. Nach 10 Tagen sehen sie. Oft hat eine Hasenmutter 5 – 6 Junge. Sie sind ganz allerliebst. Es gibt ein Foto, auf dem ich mit ca. 2 Jahren im Hasenstall stehe. Mein Bruder Werner hält einen Hasen an den Ohren. Auch er liebte die Tiere.

Jeden Tag benötigten die Hasen frisches Futter. Im Sommer wurde das Gras auf unserer kleinen Wiese im Garten mit der Sense gemäht. Wenn die heißen Sommertage kamen, wurde das Gras zu Heu getrocknet, für den Winter. Wir hatten auch Rüben im Garten, wovon sie Schnitze bekamen. Gelbe Rüben mit Kraut fraßen die Hasen besonders gern.
Beim Tiere schlachten habe ich nie zugesehen. Großmutter war perfekt im Hasen schlachten. Sie hatte ein spezielles Messer, welches sie vorher wetzte, damit der Hase mit einem Stich in das Herz gleich tot war. Die Hühner schlachtete meine Mutter.
Die Hasenfelle wurden gegerbt, fachmännisch, und ich bekam z.B. einen wunderschönen weißen, warmen Hasenpelz und eine mollig warme Mütze. Außen war Stoff, innen weiches Hasenfell.

Die Geschichte mit der Maus

Ein Bauernehepaar hatte keine Kinder. Bei ihnen lernte ich ja auch das Kühe Melken. Sie freuten sich immer, wenn ich kam. Als ich abends wieder einmal im Stall war, fragten sie mich, ob ich am nächsten Tag mit auf die Wiese ginge. Das Heu musste gewendet werden. Die Wiese war am Wegrand an der Straße nach Heidenheim. So fuhr ich mit dem Fahrrad dorthin. Es war nicht heiß, weil ein Lüftchen ging. Auf der Wiese waren unzählige

Mauselöcher. Immer wieder sah ich ein Mäuslein springen. Da hatte ich eine Idee. Minka hatte gerade ein junges Kätzchen. Dem könnte ich doch ein Mäuschen mitbringen. Es dauerte nicht lange – schwupp – ein Mäuschen kam aus dem Loch gesprungen. Ich schnappte es mit der Hand und legte schnell mein Taschentuch darüber, damit es mir nicht entwischt. Rasch ging ich zu meinem Fahrrad, öffnete den Deckel der Fahrradlampe und stopfte das lebende Mäuschen hinein. Als wir die Heuarbeit beendet hatten, fuhr ich nach Hause. Nahm das Mäuschen im Taschentuch heraus. In der Küche öffnete ich das Taschentuch und das Mäuslein sprang heraus. Minka und ihr Junges saßen gerade unter dem Küchentisch. Die Katzenmama sprang nicht nach dem Mäuslein, was mich verwunderte. Das Mäuslein jedoch sprang rasch unter den Küchenschrank. Minka sagte dann wohl in der Katzensprache zu ihrem Kind, es möge dem Mäuslein nachspringen. Jedenfalls kroch die kleine Katze unter das Büffet, die Maus sprang hervor, das Kätzchen hinterher. Einmal erwischte es das Mäuschen wohl am Schwanz und schleuderte es in die Luft. Das wiederholte sich mehrmals. Sie spielte mit der Maus. Dann griff die Katzenmama ein. Sie schnappte sich das arme Mäuslein und fraß es vor den Augen ihres Katzenkindes auf.
Nun sah die Kleine am Vorbild ihrer Mutter wohl, das ein Mäuslein zum Fressen da ist. Später bemerkte ich, dass mich das Mäuslein doch in den kleinen Finger gebissen hatte, denn es begann zu eitern.

Katzen

Wir hatten immer eine Katze. In der Küche stand ein Schüsselchen für die Milch. Wenn es Spätzle zum Essen gab, bekam die Katze auch davon. Die Katze war die meiste Zeit im Freien. Als würde sie die Uhr kennen – um 12.00 Uhr kam sie pünktlich zum Fressen. Minka war viele Jahre bei uns und sehr zutraulich.

Am schönsten war es, wenn sie Junge geboren hatte. Die ersten Tage waren sie blind. Sie durften bei der Mutter bleiben, bis sie größer waren, dann wurden sie verschenkt. Wenn die Katze eine Maus gefangen hatte, wollte sie, dass man sie lobt. Sie hat die tote Maus auf die Erde gelegt, im Vorgarten, hat miaut und als ihre Tüchtigkeit zur Kenntnis genommen wurde, fraß sie ihre Beute auf. Wir wohnten ja am Ackerfeld und da lief genug „Futter“ herum.

Meine geliebte Großmutter

Sie war eine großartige Frau. Alle Erinnerungen, die sich mit ihr verbinden, machen mich froh, demütig, dankbar. Auch sie hat mich schon seit meinem ersten Atemzug geliebt. Warum war ich etwas Besonderes? Ich denke, alle Frauen freuen sich, wenn in einer Familie ein Kind zur Welt kommt, von dem sie dann die Großmutter, Oma oder Omi werden.

Inzwischen sind es 4 Enkel.
*v.l.: Werner, mein Bruder (*1936), Kurt (* 1933), Hans (* 1929), Willi (* 1927), Walter (* 1930)*

Meine Mutter erzählte mir, als ich bei einer Hausgeburt (Sturzgeburt sagte sie – es ging wohl schnell) das Licht der Welt erblickte, rief Großmutter immer nur „Ein Mädchen! Ein Mädchen!“ und hüpfte vor Freude. Vor mir waren schon mein Bruder und 4 weitere Enkelbuben geboren. Meine Mutter sagte, „ich bin fast verblutet und Oma hüpfte vor Freude.“
Ist das nicht ein Segen, wenn man so in diese schöne Welt kommt? Diese Herzensbindung zu meiner Großmutter Apollonia ist beidseitig geblieben.

Meiner Großmutter habe ich zu verdanken, dass ich in Religion immer „sehr gut“ hatte. Wir lernten in der Grundschule viele Kirchenlieder auswendig. Durch meine, von Gott geschenkte Gabe, sehr rasch die Strophen behalten zu können, bereitete ich meiner Großmutter Freude. Sie hörte mich so lange ab, bis ich fehlerfrei alle Verse konnte. Großmutter hatte keine irdischen Güter als Erbe zurückgelassen – doch in meinem Herzen war ein großer Schatz christlicher Lieder und Worte aus der Bibel.

In mein Poesiealbum schrieb sie am 20.08.1948:

Mögen Engel dich begleiten,
mild behüten dich vor Schmerz.
Möge Gott dir stets erhalten
Ein getreues, frommes Herz.
Die Liebe gehe für und für
Von Herz zu Herz
Von Tür zu Tür.

Zum Andenken an Deine liebe Großmutter Apollonia Kaufmann, geb. am 07.02.1879

Meine Großmutter Apollonia Kaufmann, geb. Nieß, geboren am 07. Februar 1879 in Sontheim/Brenz, war die Mutter meines Vaters. Sie hat in meiner Schulzeit eine wichtige Rolle gespielt. Sie hat das Einmaleins abgefragt, die Verse für den Religionsunterricht oder die Gedichte und Gesangbuchlieder. Da sie sehr schlecht hörte, habe ich mir beizeiten eine laute Stimme angewöhnt.

Noch nie bin ich morgens gerne früh aufgestanden. Es hat schon immer „pressiert". Während ich meinen Kaba trank, frisierte mir Oma die Zöpfe. Sonntags hatte meine Mutter Zeit und flocht mir oft schöne Kränzchen.
Wenn es Zeugnisse gab, bekam ich in Musik und Religion immer „sehr gut". Großmutter schenkte mir eine Tafel „Mauxion Schokolade". Sie sagte dazu: „Mauxtion". Das gefiel mir, es war lustig – daher wollte ich keine Eszet Schokolade.

Immer ordentlich!

Immer ordentlich und rein
müssen kleine Mädchen sein!
Nach den Haaren lass mich sehn,
eh' du wirst zur Schule gehen.
Komm, ich flechte dir den Zopf,
hast sonst einen Wuschelkopf.
Kommst mit ungekämmtem Haar
du zur Schule, jagt wohl gar

schnell der Lehrer dich hinaus,
weinend kommst du dann nach Haus.
Darum halte jetzt fein still,
weil den Zopf ich flechten will.
Rupf ich dich vielleicht dabei,
nicht so zimperlich du sei.
So, nun kannst du hurtig gehen,
bist nun sauber anzusehen.

Immer sauber, nett und rein
müssen kleine Mädchen sein.

(Monatszeitschrift Herausgeber G.Chr. Dieffenbach, Aus: Für unsere Kleinen – 4 – 10 Jahre, Friedrich A. Perthes, Gotha 1895).

Großmutters Zimmer

Großmutter wohnte eine Treppe höher. Sie hatte ein beheizbares Zimmer mit einem Holz-Kohleofen. Mein Bruder und ich brachten Großmutter das Holz in einer Kiste hoch. Ein Fenster gegen Osten, so dass die ersten Sonnenstrahlen ins Zimmer fielen. Ihr Blick war auf den Hof, den Garten, den Hühnerhof ihres Sohnes und auf das Schulhaus gerichtet.
Am Fenster stand ein Stuhl. Möbliert war es mit einem Büffet und einer Kommode. Auf der Kommode stand ein langes Bild vom Stuttgarter Schlossplatz, wie es zu König Wilhelms Zeiten noch war. Gefallen hat mir eine ganz schlanke, dünne, hohe Vase. Getrocknetes Zitronengras stand darin. Jedes Jahr suchte ich nach diesem Gras, um Großmutter eine Freude zu bereiten. Ihr rundes, mit Perlen verziertes Nähkörbchen stand auch auf der Kommode.

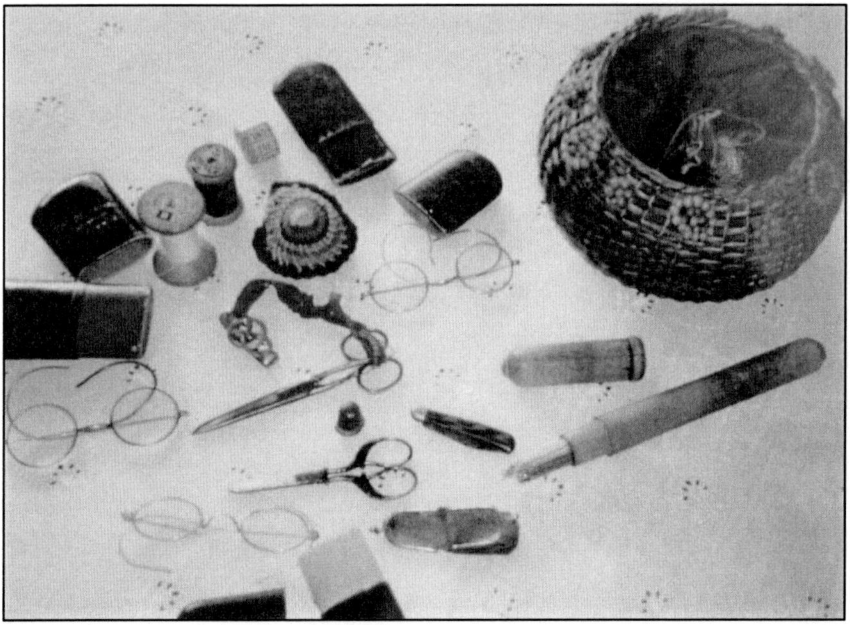

Außerdem befanden sich in dem Zimmer noch ein Sofa, ein Tisch, Stühle, ein Nachtkästle, und ein Bett für die Großmutter und eines für die Enkelin, wenn sie in den Ferien kam. An der Wand hing eine schöne, alte Uhr.

Eine wunderschöne Lampe hing über dem Tisch. Der Lampenschirm war aus vielen kleinen farbigen Perlen. Auf dem Tisch lag ein großes „Hausbuch für christliche Familien". Darin waren Predigten von königlichen Hofpredigern enthalten. Da Großmutter sehr schlecht hörte, las sie mehr. Sie hatte nur christliche Bücher.

Großmutter hatte eine sehr große Muschel. Sie sagte zu mir, „du musst die Muschel ganz nahe an dein Ohr halten, dann hörst du das Rauschen des Meeres." Natürlich glaubte ich das als Kind.
Ein Fuß-Schemelchen war auch da. Wenn Großmutter im Bett war, sprach sie schöne Gebete. Sie konnte ganz viel auswendig. In einem Vers hieß es:

Kommt ein goldner Regenbogen über unser Land gezogen.
Auf diese Stelle wartete ich immer. Leider kenne ich den Anfang nicht mehr.

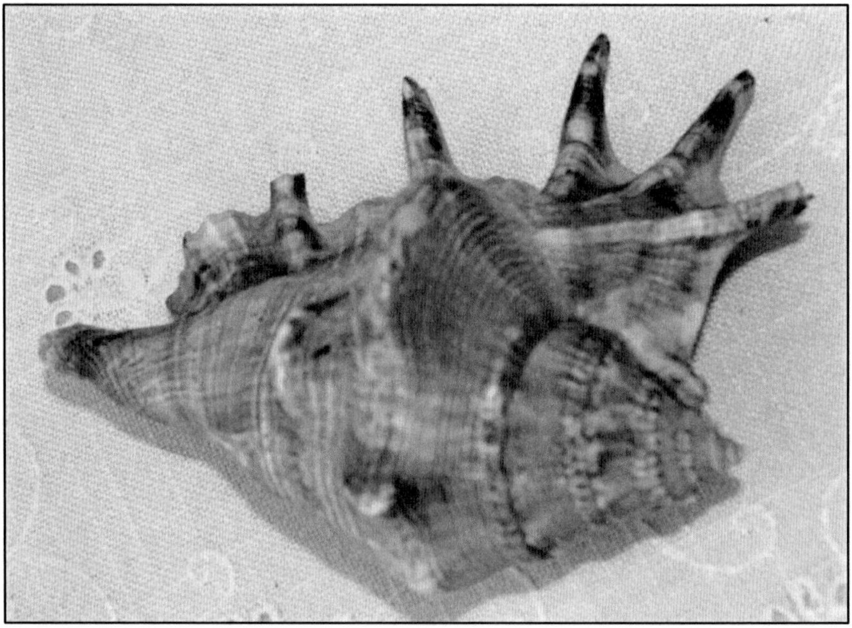

7. Februar 1936 – Großmutters 57. Geburtstag. Sie bekam oben ein neues Zimmer. Unten wohnten ihr Sohn Christian mit Frau (meine Eltern). Kuchen und Post waren an diesem Tag sehr wichtig.

Großmutter las jeden Tag in der Bibel und im Herrnhuter Losungsbüchle. Sehr oft auch im evangelischen Gesangbuch. So sprachen wir die Lieder miteinander. Singen konnte sie leider nicht. Sie freute sich sehr, dass ich so gerne und gut die Lieder lernte.
Großmutter sagte sehr oft: Bei den Streichhölzern fängt das Sparen an. Ein kunstvoll gefertigtes Behältnis aus Holz war der kindersichere Aufbewahrungsplatz für die Streichholzschachtel. Der

eingebrannte Text lautete „Es grünet die Tanne, es wachset das Erz. Gott schenke uns allen, ein fröhliches Herz."

Einmal war ich schon unten, da rief Großmutter meinen Namen. Ich ging zur Treppe und sie stand oben. Es klang ganz komisch, wie sie redete. Sie sah auch etwas verändert aus. Großmutter hatte meine Verwunderung wohl bemerkt und sagte: „Weißt, Christa, ich habe kein Gebiss mehr im Mund."

Bis dahin wusste ich nicht, dass Großmutter ein Gebiss zum Herausnehmen hatte. Manchmal habe ich ihr auch ihren Haarzopf geflochten. Diesen steckte sie dann wie eine Schneckennudel mit Haarnadeln zu einem Knoten zusammen. Zum Lesen hatte sie eine ganz kleine Brille. Sie trug stets einen schwarzen langen Rock und ein schwarzes Oberteil und eine Schürze.

Großmutter sagte oft „Oh Herr hilf, oh Herr lass alles wohlgelingen" oder „Trachtet zuerst nach dem Reich Gottes und nach seiner Gerechtigkeit, so wird euch das Übrige alles zufallen".

Meine Großmutter liebte ich sehr. Obwohl ich oft ungezogen war hat sie mich nie geschimpft.

Einmal durfte ich mit Großmutter eine „Reise" machen. Wir fuhren mit dem „Postauto" nach Heidenheim. Dort mit dem Bummelzug weiter nach Sontheim/Brenz, dem Geburtsort von Großmutter. Wir gingen die holprige Dorfstraße entlang bis zu einem großen Bauernhof, wo ihre Verwandten wohnten. Es war gerade Mittagszeit und wir wurden zum Essen eingeladen. Wir bekamen eine prima Hühnersuppe mit Fadennudeln und kleingeschnittenem Hühnermagen. – Dann ging ich mit Großmutter in ein Gasthaus. Dort waren schon Schulkameradinnen von ihr zum 70er Treffen versammelt. Ich war 10 Jahre alt und Zuhause übte ich schon fleißig Volkslieder. Mit dem Klavier begleitete ich die sangesfreudigen Frauen. Gegen Abend fuhren wir heim. Es war ein unvergessliches Erlebnis.

Kindergebet

1.) Weil ich ein Jesu Schäflein bin,
freu ich mich nur immerhin
über meinen guten Hirten,
der mich wohl weiß zu bewirten,
der mich liebet, der mich kennt
und bei meinem Namen nennt.

2.) Unter seinem sanften Stab
geh ich aus und ein und hab
alle Tage frische Weide,
dass ich keinen Hunger leide,
und so oft ich durstig bin,
führt er mich zum Brunnquell hin.

3.) Sollt ich denn nicht fröhlich sein
Nun ich sein bin und er mein?
Denn nach diesen schönen Tagen
werd ich endlich heimgetragen
in des Hirten Arm und Schoß.
Amen, ja mein Glück ist groß.

Luise von Hayn (1724-1782), vertont Friedrich Silcher 1843
Dieses Lied habe ich gern gesungen.

Einladung zu meiner Konfirmation am 22. März 1953

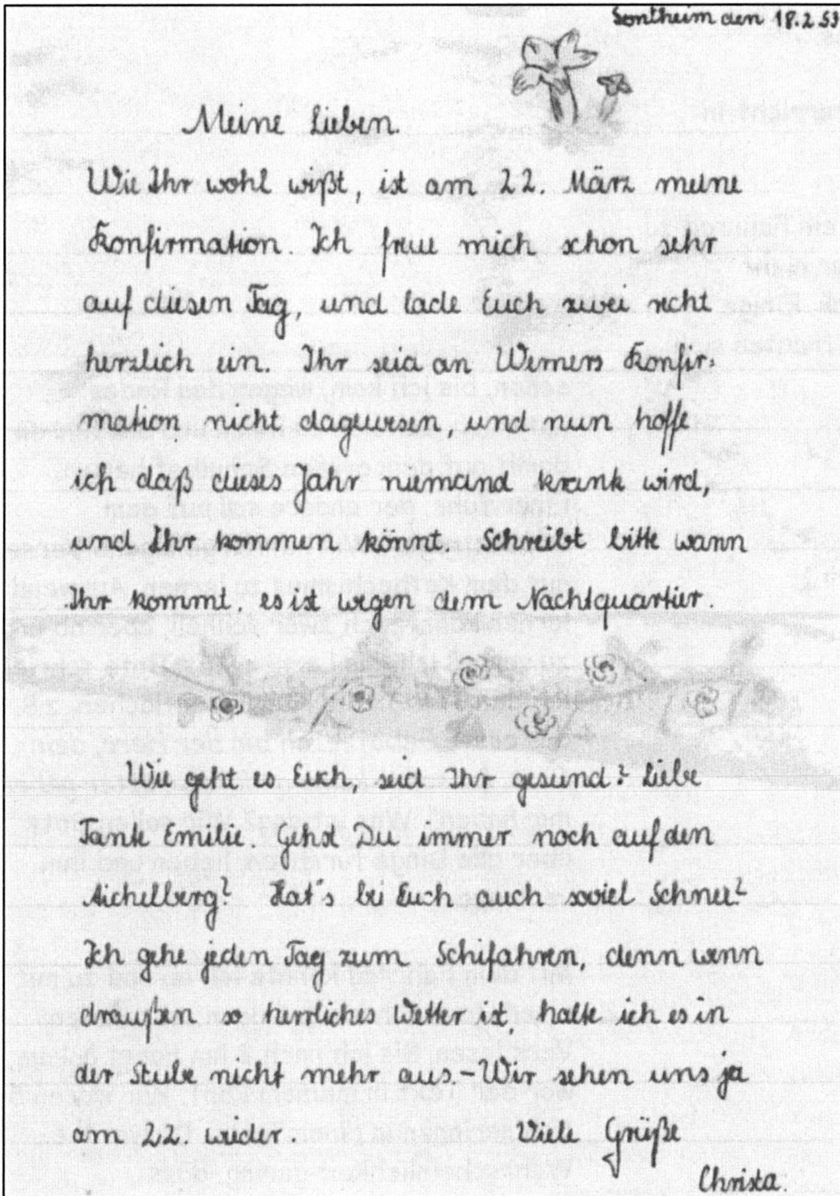

Sontheim den 18.2.53

Meine Lieben.

Wie Ihr wohl wißt, ist am 22. März meine Konfirmation. Ich freue mich schon sehr auf diesen Tag, und lade Euch zwei recht herzlich ein. Ihr seid an Werners Konfirmation nicht dagewesen, und nun hoffe ich daß dieses Jahr niemand krank wird, und Ihr kommen könnt. Schreibt bitte wann Ihr kommt, es ist wegen dem Nachtquartier.

Wie geht es Euch, seid Ihr gesund? Liebe Tante Emilie. Gehst Du immer noch auf den Aichelberg? Hat's bei Euch auch soviel Schnee? Ich gehe jeden Tag zum Schifahren, denn wenn draußen so herrliches Wetter ist, halte ich es in der Stube nicht mehr aus. – Wir sehen uns ja am 22. wieder.

Viele Grüße

Christa.

Das Vorkonfirmationskleid

In der Konfirmationszeit gab es ein „extra Kleid". Ein zweites Konfirmationskleid. Es war grünolive mit einem braunen Samtkragen. An der Oberweite wurden Fältchen eingenäht, in der weisen Voraussicht, dass doch noch ein Busen nachkommt. Das Kleid hatte einen weiten Rock. Gerne trug ich es. Die Schneiderin nähte es, das war etwas Besonderes.

Konfirmandenunterricht in Steinheim

Da war ich froh, ein Fahrrad zu besitzen. Dies war nicht selbstverständlich. Einige Schulkameraden freuten sich schon, bis ich kam, wegen des Rades natürlich. Ich lieh es ihnen und sie fuhren damit auf dem großen Schulhof herum. Einer fuhr, der andere saß auf dem Gepäckträger. Wir hatten genügend Verse aus dem Katechismus zu lernen. Auswendig lernen konnte ich zwar schnell, aber ab und zu vergaß ich das Lernen. Mit Tinte schrieb ich den Text in die Handinnenflächen, z.B. das erste Gebot: „Ich bin der Herr, dein Gott, Du sollst keine anderen Götter neben mir haben". Was ist das? Wir sollen Gott über alle Dinge fürchten, lieben und ihm vertrauen.

Mit dem Fahrrad konnte ich ab und zu mit einer Hand fahren und dann schnell den Vers lesen. Bis ich nach 2 km Fahrt ankam, war der Text in meinem Kopf. Wir waren 56 Schülerinnen in einem Raum. Da war die Wahrscheinlichkeit gering, dass ausgerechnet ich gefragt wurde. Der Pfarrer kannte mich ja vom Religionsunterricht in Sontheim. In jedem Zeugnis stand „sehr gut" in Religion. Da wollte ich mich vor den Steinheimer Schülern nicht blamieren.
Die 10 Gebote mit der Auslegung nach Martin Luther lernten wir alle auswendig und sprachen sie in der Gruppe. Jeder bekam einen Text, den er auswendig in der Kirche vorsagen sollte. Wenn jemand nicht sehr sprachgewandt war, bekam er einen kurzen Vers. Das war gut so. Mein Text lautete:

Wenn du betest, so gehe in dein Kämmerlein und schließe die Türe zu und bete zu deinem Vater im Verborgenen, und dein Vater, der in das Verborgene sieht, wird dir's vergelten öffentlich. (Matthäus 6/6)

Bei Herrn Pfarrer Franke hatten wir Konfirmandenunterricht. Leider konnte er die Konfirmation nicht mit uns feiern, da er versetzt wurde. Herr Pfarrverweser Steinestel war aber ein sehr beliebter, junger Pfarrer, der uns sehr gut begleitete.

Konfirmationsvorbereitungen

Für mich als Konfirmandin sollte es ein schönes Familienfest werden. Das beste Silber wurde geputzt. Die Fenster glänzten schon. Essen und Trinken mussten vorbereitet werden.
Beim Metzger war das Fleisch und der Wurstaufschnitt bestellt, beim Bäcker die Brezeln, beim Gärtner der Salat und die Luxusradieschen, in der Molkerei die Schlagsahne.

Jetzt wurden allerlei feine Kuchen gebacken. Die Wohnstube wurde hergerichtet. Der große, ovale Tisch und ein kleinerer boten Platz für die 21 Personen, welche zum Fest geladen waren.

Am Samstagnachmittag vor der Konfirmation kamen Kunden in den Laden, die mir zur Konfirmation 50 Pfennig, 1 DM, 1,50 DM oder 2 DM schenkten. Auch einen Blumenstock, Taschentücher, Rauchfleisch (das ich so gern mochte). Sie bekamen dafür 1 Brezel oder 1 Stück Rührkuchen.
Die Geschenke wurden gleich in ein Heft eingetragen, damit ich nicht vergesse, mich bei allen zu bedanken.

Der Konfirmationssonntag war am 22.03. 1953. Wie ich in die Kirche kam, weiß ich nicht mehr. Meine Kusine und mein Patenonkel Albert kamen ja mit dem Auto von Weilheim. Vielleicht nahmen sie mich mit. Wir waren 24 Konfirmandenbuben und 27 Konfirmandenmädchen. Jeder wusste, wo sein Sitzplatz war. Im Gang standen zweireihig die Stühle. Ich saß ziemlich weit hinten. Ehe wir in die Kirche einmarschierten, bekam jeder eine weiße Nelke angesteckt. Unter den Konfirmanden war wohl eine feierliche Aufregung. Alles sollte klappen, auch das Aufsagen des Verses.
Alle waren schwarz gekleidet. Fast alle Mädchen trugen Zöpfe. Jeder erhielt einen Konfirmationsspruch. Der Pfarrer legt die Hand auf den Kopf des Konfirmanden und spricht einen Segen.
Ich bekam einen so einen schönen Denkspruch vom Pfarrer ausgesucht, dieser Denkspruch sollte mich gut durch das Leben begleiten.

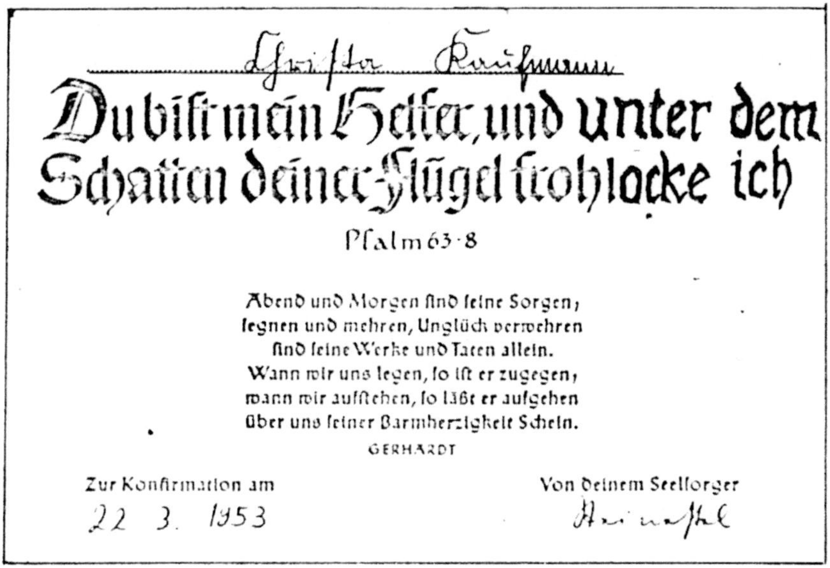
Du bist mein Helfer, und unter dem Schatten deiner Flügel frohlocke ich

Psalm 63,8

Abend und Morgen sind seine Sorgen;
segnen und mehren, Unglück verwehren
sind seine Werke und Taten allein.
Wann wir uns legen, so ist er zugegen,
wann wir aufstehen, so läßt er aufgehen
über uns seiner Barmherzigkeit Schein.

GERHARDT

Zur Konfirmation am 22. 3. 1953

Von deinem Seelsorger

Verpflichtung der Konfirmanden und Konfirmandinnen:

Pfarrer fragt:
„Wollt ihr im Glauben annehmen, was der Herr in der Taufe euch geschenkt hat, und wollt ihr als Getaufte zur Kirche und ihrem Herrn gehören? Dann sprecht dazu euer Ja!“

„Ja, Gott helfe uns. Amen.“

An diesen Moment kann ich mich sehr gut erinnern. Ich habe ein ganz festes JA gesprochen. Es war mein Wille, Jesus Christus ein gutes Schäflein zu sein, wie ich es mit 14 Jahren eben verstand.

Predigttext: Johannes 12/20-32
Ende der Predigt von Pfarrer Steinestel
Gib uns Augen gib uns Ohren gib uns Herzen, die Dir gleich:
Mach uns redlich, neu geboren, Herr zu Deinem Himmelreich

Nach dem schönen Festgottesdienst gingen wir zur Steinheimer Schule, um auf den Treppen am Eingang so zu stehen, dass es ein gutes Konfirmationsbild gab.

Konfirmationsbild vom 22.03.1953
mit Pfarrer Steinestel und Rektor Domay.
Wir waren 27 Mädla und 24 Buaba.

Nach dem Gottesdienst hatten wir Hunger und genossen das festliche Mittagessen. Vor dem Verdauungsspaziergang fanden wir uns ein zum Gruppenfoto. So ein Festtag musste doch im Bild festgehalten werden.

Wir hatten wunderbares Frühlingswetter. Die Jugend ging natürlich auf den „Burschel". Dort kam ich wohl auf die Idee, dass Margret (Kusine) doch mit dem Auto mit mir nach Oberkochen fahren könnte, meine Freundin Karin zu besuchen. Das war ein ca. 25 km langer Weg. Ja, sagte Margret, dass machen wir. Als Mutter später bemerkte, dass die Konfirmandin fehlte, hat sie mich nicht gelobt, als wir dann wieder zurück kamen.

Geschenke

Meine Patentante und mein Patenonkel hatten sich nicht abgesprochen, wer was schenkt. Jeder wollte es gut machen. So bekam ich zwei Armbanduhren. Sie waren klein und hatten ein schwarzes, schmales Armband. Von Onkel Hans aus Bayern bekam ich 50,-DM. Das war ja für mich viel Geld. Meine Patentante war einverstanden, die Uhr gegen ein Kostüm zu tauschen.

Weiterhin lagen eine kleine Boy Box, silberne Kaffeelöffel, ein Silberschälchen, eine silberne Kette mit einem Filigrananhänger, ein Schulmäppchen, eine kleine Tasche auf dem Geschenketisch.

Meine Konfirmation war ein unvergesslich schöner Tag.

Abendmahlsgottesdienst – Palmsonntag

An diesem Sonntag nach der Konfirmation durften wir zum ersten Mal zum heiligen Abendmahl. Mit Eltern und Geschwistern und Paten saßen wir in den Bänken rund um den Altar. So war es möglich, sich innerlich mehr zu sammeln.

Am Nachmittag, bei herrlichem Wetter, unternahmen wir – Eva, Martha und ich – einen Spaziergang nach Küpfendorf in unseren Festkleidern. Dort trafen wir noch 7 Steinheimer Schulkameraden. Jetzt waren wir konfirmiert und schön gekleidet, das hieß, sich dementsprechend zu verhalten.

Der letzte Schulausflug der Sontheimer und Steinheimer Schüler am 24. März 1953 (Konfirmanden)

Alle freuten sich sehr auf einen großen Ausflug mit dem Omnibus. Zuerst besuchten wir die Wilhelma, dann das Schloss Solitude. Nun war ich glücklich, einen Foto zu haben, als einzige. Das war gut. Über die Erinnerungsfotos freuten sich später die anderen. Unsere frühere Handarbeitslehrerin begleitete uns auch.

Boybox

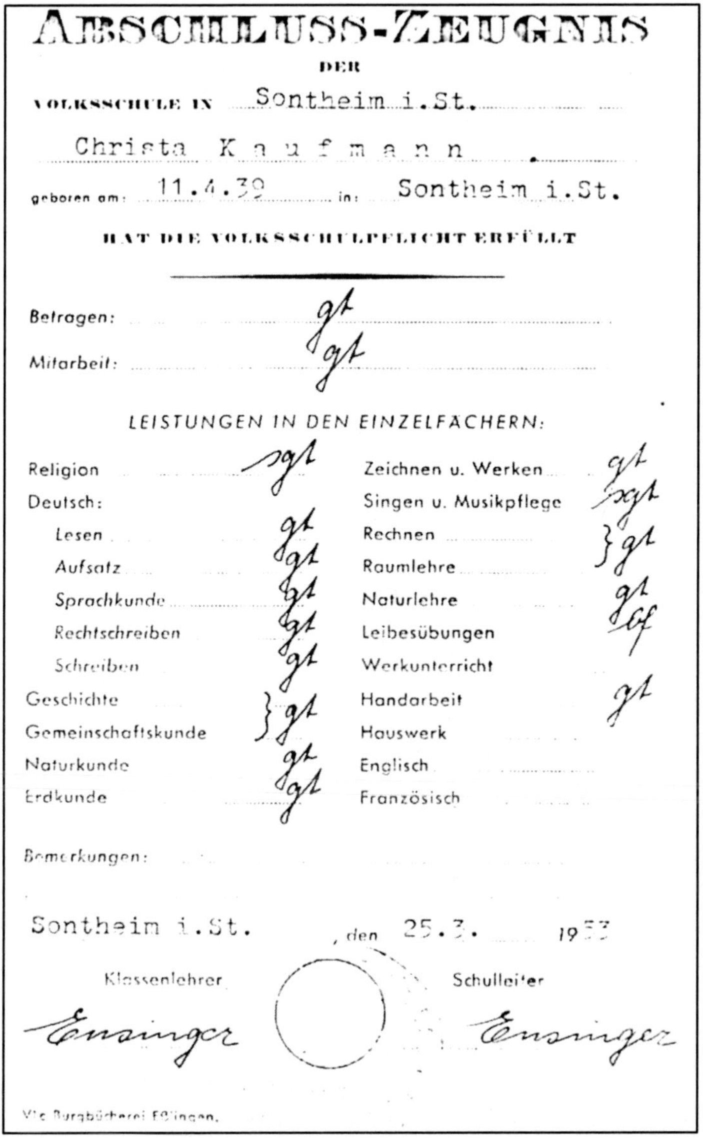

ABSCHLUSS-ZEUGNIS

DER

VOLKSSCHULE IN Sontheim i.St.

Christa Kaufmann.

geboren am: 11.4.39 in: Sontheim i.St.

HAT DIE VOLKSSCHULPFLICHT ERFÜLLT

Betragen: gt

Mitarbeit: gt

LEISTUNGEN IN DEN EINZELFÄCHERN:

Religion	sgt	Zeichnen u. Werken	gt
Deutsch:		Singen u. Musikpflege	sgt
Lesen	gt	Rechnen	} gt
Aufsatz	gt	Raumlehre	
Sprachkunde	gt	Naturlehre	gt
Rechtschreiben	gt	Leibesübungen	bf
Schreiben	gt	Werkunterricht	
Geschichte	} gt	Handarbeit	gt
Gemeinschaftskunde		Hauswerk	
Naturkunde	gt	Englisch	
Erdkunde	gt	Französisch	

Bemerkungen:

Sontheim i.St., den 25.3. 19[illegible]

Klassenlehrer Schulleiter

Ensinger Ensinger

Vlg. Burgbücherei Eßlingen.

Die Volksschule war bald beendet. Nun hatten wir unser letztes Zeugnis in den Händen. Wie geht es nun weiter? In der Klasse 4 gab es die Möglichkeit, die Realschule (Oberschule) zu besuchen. Der Lehrer und Mutter hätten es gerne gesehen, dass ich mich mit meinen Begabungen hätte noch steigern können, um die Schule zu wechseln. Mein Bruder Werner, 2 ½ Jahre älter als ich, besuchte ja in Heidenheim das Hellensteingymnasium. Ich erlebte täglich, dass er in aller Frühe, bei Wind und Wetter, Regen und Hitze, mit dem Fahrrad nach Heidenheim fuhr (6 km). Es gab keine geeignete Busverbindung. Samstags war auch Schule und öfter auch für ihn am Nachmittag. Es waren keine Aufenthaltsräume für die auswärtigen Schüler da, so dass er oft mit anderen im Bahnhofswartesaal die Zeit verbringen musste. Außerdem hatte er eine Menge zu lernen, auch Englisch und Französisch.

Diese harte Zeit wollte ich nicht! Dann kam Klasse 7. Jetzt könnte ich doch auf die zweijährige Kaufmännische Schule gehen, um für einen Büroberuf vorbereitet zu werden. So meinten Mutter und der Lehrer. Auf gar keinen Fall wollte ich aufs Büro! Ich entschied mich selbst für einen neuen Schulzweig. Dauer ein Jahr. Die städtische Haushaltungsschule in Heidenheim, ganz neu gebaut. Die Schule war am Ende von Heidenheim. Mit dem Fahrrad waren es 8 km. Jetzt gab es auch eine bessere Busverbindung für den Winter. Ich freute mich auf diesen Neuanfang.

„Die Zöpfe sind gefallen."

Vor der Konfirmation war es nicht erwünscht, sich die Zöpfe abschneiden zu lassen.
Nun stand der Schulwechsel nach Heidenheim an. Als Mädchen vom Dorf wollte ich nicht mit Zöpfen erscheinen. So entschloss ich mich – die Zöpfe müssen weg. Sehr gut erinnere ich mich an diesen Tag. In Heidenheim neben dem Schuhgeschäft Baumann war ein Friseurgeschäft. Die Friseurin in dem „Friseursalon" fragte

mich, ob ich die Haare nur geschnitten haben wolle, oder ob es Dauerwellen, d.h. Locken werden sollen. Da fiel mir der Satz ein, den Mutter sagte: Mädchen, mach dir Locken, sonst bleibst du hocken."

Ich bat darum, von meinen langen Haaren einen Zopf zu flechten und diesen dann abzuschneiden. Dieses „Souvenir" wollte ich ja mitnehmen. – Die Schere tat ihren Dienst, der Zopf war ab!

Nun wurde das Haar in kleinen Büscheln auf Wickel gedreht, eine Flüssigkeit auf jeden Wickel aufgetragen. Große, schwere Klammern kamen über die Wickel, diese wurden erhitzt über Strom. Ach, war das lästig. – Die Klammern kamen weg. Wickel raus – abspülen. Nun hatte ich lauter kleine Löckchen auf dem Kopf. Also – noch einmal eindrehen. – Trockenhaube – 20 Minuten. Bürsten, kämmen, fertig. Als ich in den Spiegel schaute, sah ich eine veränderte Christa. Meinen Zopf nahm ich in einer Tüte mit. – Zuhause sagte meine Großmutter: „Jetzt bischt a Fräulein."

Unser Laden – Gemischtwarengeschäft Kaufmann

Vom Wohnzimmer und von der Küche aus konnten wir in den Laden. Er war ca. 20 qm groß. Im Raum waren zwei Fenster und eine Ein- bzw. Ausgangstüre, die im oberen Bereich eine Glasscheibe hatte. Die konnte mit einem Brett von außen verdeckt werden.
Über drei Treppen wurde der Laden von der Straße aus erreicht. Im Laden befanden sich ein großer Ladentisch mit einer Waage. Rechts und links waren Regale und Schubladen, Bonbongläser und Dosen. Es gab alles, was im Haushalt auf dem Lande benötigt wurde.

Es war ja ein „Gemischtwarengeschäft“ mit mehr als 1.000 verschiedenen Artikeln. Ehe es zum Ausgang in die Küche ging, stand ein kleiner Ofen. Wenn es sehr kalt war, wurde Feuer angezündet. Mutter trug unter der Strickjacke gestrickte Pulswärmer.

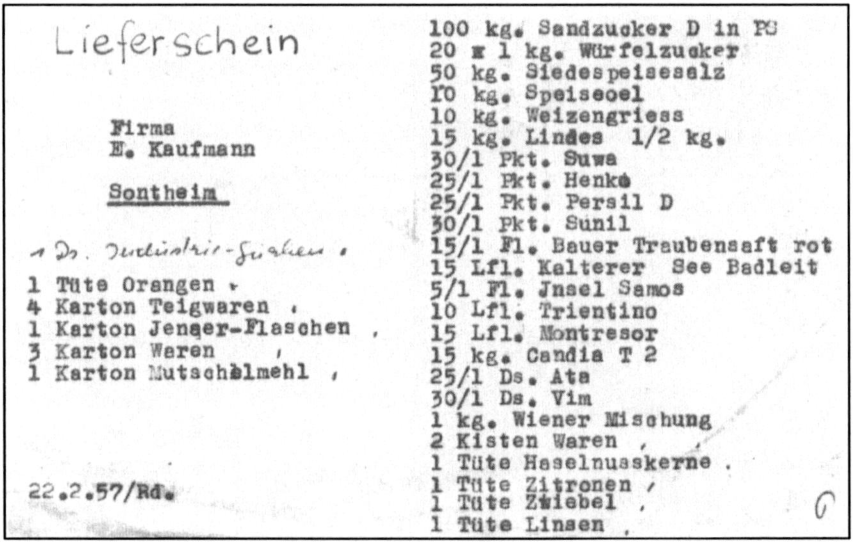
Lieferschein

Firma
E. Kaufmann

Sontheim

1 Ds. Industrie-Fischen .
1 Tüte Orangen .
4 Karton Teigwaren .
1 Karton Jenaer-Flaschen .
3 Karton Waren .
1 Karton Nutschelmehl .

22.2.57/Rd.

100 kg. Sandzucker D in PS
20 x 1 kg. Würfelzucker
50 kg. Siedespeisesalz
10 kg. Speiseoel
10 kg. Weizengriess
15 kg. Lindes 1/2 kg.
30/1 Pkt. Suwa
25/1 Pkt. Henko
25/1 Pkt. Persil D
30/1 Pkt. Sunil
15/1 Fl. Bauer Traubensaft rot
15 Lfl. Kalterer See Badleit
5/1 Fl. Jnsel Samos
10 Lfl. Trientino
15 Lfl. Montresor
15 kg. Candia T 2
25/1 Ds. Ata
30/1 Ds. Vim
1 kg. Wiener Mischung
2 Kisten Waren .
1 Tüte Haselnusskerne .
1 Tüte Zitronen .
1 Tüte Zwiebel .
1 Tüte Linsen .

6

Zu warm durfte es nicht werden, sonst wäre die Butter und die Schokolade geschmolzen. Wir hatten ja keinen Kühlschrank. Für die Kunden stand eine Sitzbank bereit. Drei Personen konnten gut

Platz finden, wenn sie warten sollten, falls mehrere Kunden im Laden waren, was aber nicht so oft vorkam.

Am Abend wurde der Laden zuerst gefegt und danach, wenn nötig, nass gewischt. Die 3 Steintreppen zum Laden waren meist sehr schmutzig und mussten jeden Abend geschrubbt werden. Diese Arbeit habe ich sehr früh gelernt und nicht gerade mit Begeisterung getan. Doch ich wusste, jetzt ist Feierabend, ca. 19.00 Uhr.

Ich musste auch mithelfen Ware an Ort und Stelle zu tragen, wenn der Lastwagen Ware gebracht hatte. Sie stand dann im Hausflur und ich musste sie in den Keller oder in das Obergeschoss tragen. Und Regale auffüllen. Das musste oft sein, denn im Laden hatten von jeder Sorte nur 2 – 3 Päckchen Platz.

Verkauf im Laden

Es kamen etwa 30 – 35 Kunden täglich, worunter auch Schulkinder waren, die ein Heft, einen Bleistift, einen Wasserfarbenpinsel oder nur für 10 Pfennig 5 Bonbons kauften. Oft kamen auch Kinder mit einem Zettelchen, auf dem stand, was sie mitbringen sollten, z.B., 2 Päckchen Backpulver, 1 Vanillezucker, 1 Päckchen Puderzucker, 1 Vanillepudding, 100 g Mandeln. Backt Mama einen Kuchen und es fehlen noch Zutaten? Das Geld war dann in einem kleinen Geldbeutelchen. Die Leute wussten ungefähr schon, was die Sachen kosteten. In diesem Fall hätte die Mutter oder Großmutter 2 DM mitgegeben. Dem Kind wurde der Kassenzettel mit dem „Rausgeld“ in den Geldbeutel zurück gelegt.

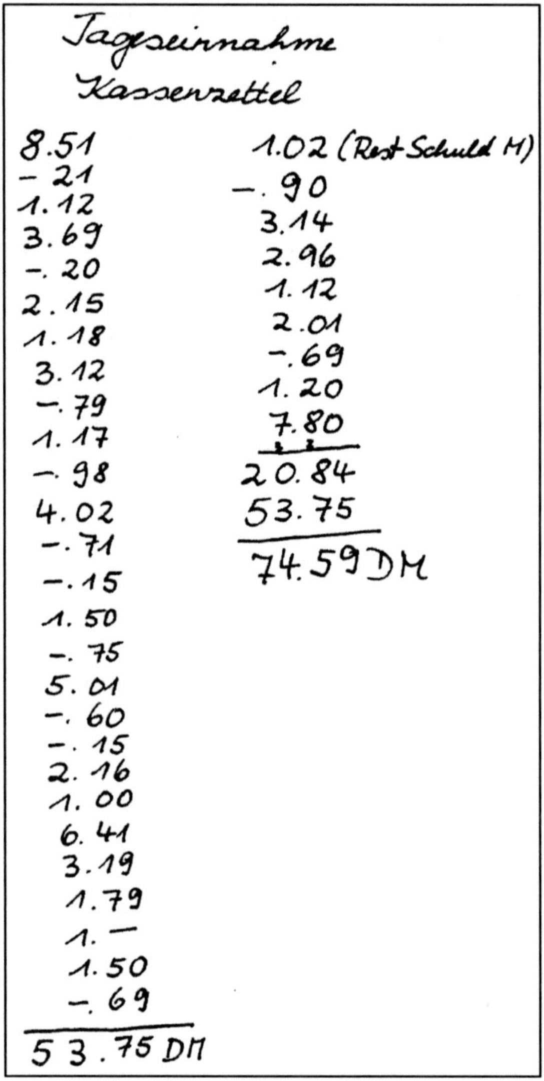

Tageseinnahme
Kassenzettel

8.51
– 21
1.12
3.69
–. 20
2.15
1.18
3.12
–. 79
1.17
–. 98
4.02
–. 71
–. 15
1.50
–. 75
5.01
–. 60
–. 15
2.16
1.00
6.41
3.19
1.79
1. —
1.50
–. 69
53.75 DM

1.02 (Rest Schuld M)
–. 90
3.14
2.96
1.12
2.01
–. 69
1.20
7.80
20.84
53.75
74.59 DM

Die Tageseinnahmen betrugen ungefähr 60,- - 80,-- DM. Am Ladentisch lag ein ca. 30 cm langer Zettel, 15 cm breit, da wurde jede Einnahme notiert, auch wenn sie noch so klein war.

Ich durfte diese am Abend zusammenzählen. Eine gute Rechenübung. Lieber rechnete ich alles zweimal, denn Mama sollte keinen Fehler finden.

Kinder der 1. und 2. Klasse haben sich sicherheitshalber selbst einen Zettel geschrieben, damit sie nicht vergessen, was sie bringen sollen. Da stand dann z.B. auf dem Zettelchen: 1 Domadenmark, Schbagedi halb Pfond oder Hefe, Suldanena, 1 Zitro (da wird ein Hefezopf gebacken). Es kam auch vor, dass jemand vom Feld kam und kein Geld dabei hatte und nötig noch etwas zum Essen brauchte. Dann wurden die Kosten in ein Heft eingetragen. Beim nächsten Einkauf wurde dann bezahlt, die Schuld im Heft gestrichen. Man kannte ja alle Leute im Dorf. Da war gegenseitiges Vertrauen da.

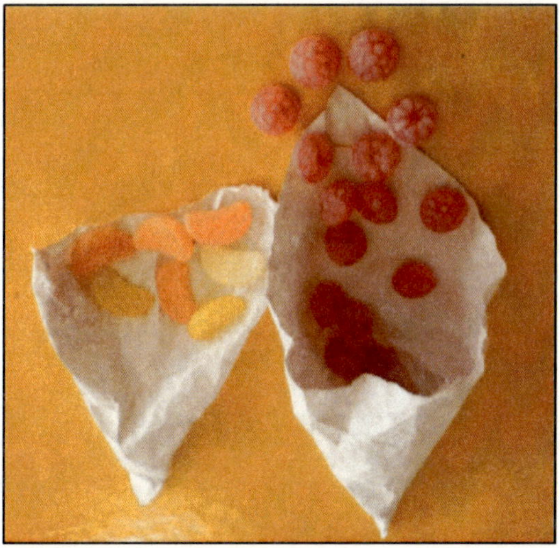

Ehe die Frauen aufs Feld gingen und am Laden vorbei kamen, wurden im Sommer und Winter oft saure Bonbons gekauft. Zwetschgenbonbons, Gletschereis oder Himbeerbonbons, Zitronenmonde. 50 oder 100 g in einem Papierspitztütchen.

Samen austragen und mithelfen

In unserem Dorf war meist hinter jedem Haus ein großer Gemüsegarten. Es wurde angepflanzt, was in dieser rauen Albgegend gut gedeihen konnte. So mussten rechtzeitig die Sämereien bei der Firma Walter in Giengen/Brenz bestellt werden. Als erstes wurden Stupfzwiebele verkauft. Am 9. Mai war „Bohnentag". Damit alles rechtzeitig in unserem Laden zu erhalten war, trug ich Bestellbogen aus.

Jeder konnte seine gewünschten Sämereien ankreuzen, z.B. Karotten-Nantes, weiße Riesen (Rettich), Stupfzwiebeln, Buschbohnen, gelb und grün, krause Petersilie, viele Sorten Salat usw. Nach einer Woche holte ich die Bestellbogen wieder ab. Als die Samenlieferung vom Samengroßhändler ankam, legte ich für jedes Haus das Bestellte in eine Tüte, schrieb peinlichst genau von jedem Päckchen den Preis untereinander, damit ich es im Kopf gut zusammenzählen konnte. Das fiel mir leicht, denn Rechnen konnte ich gut.

Bitte senden Sie mir:			Stiefmütterchen:		
....	Btl.	Ackersalat holl.	....	Btl.	Trimardeau Riesen Mischg.
....	"	Winterspinat	....	"	Gelb m. dunklem Auge
....	"	Winterkopfsalat	....	"	Kaiser Wilhelm, ultra-marinblau
....	"	Herbstrettich Gournay	....	"	Kardinal, dkl. scharlach
....	"	Winterrettich Münchner Bier	....	"	Lord Beaconsfield, pur-purviolett mit weiß
....	"	Winterrettich schwarzer	....	"	Schweizer Riesen Mischg.
			....	"	Winterblühende "
....	"	Ackersalat d'grün. vollh. m. glänz. Blatt	....	"	Eiskönig, weiß m. Auge
			....	"	Wintersonne, goldgelb mit Auge
.... Ort			..Interesse f. Blumenzwiebelangebot Ja / Nein		

Die Leute hatten früher viel Kleingeld, so gab es beim bar Herausgeben meist keine Schwierigkeiten. Ich hatte vorgesorgt und in einer Dose für 5,- DM Wechselgeld dabei. Ein Samenpäckchen kostete meist -,15 Pfennig, die teuren Bohnen -,40 Pfennig. Wenn jemand vergessen hatte, etwas zu bestellen oder seinen Gartenplan erweiterte oder die ersten Setzlinge erfroren waren, so konnten die Leute in unserem Gemischtwarenladen noch manchen Samen nachkaufen, auch Blumensamen. Meistens Astern, Kosmeen, Tagetes und Kapuzinerkresse. Da ich, wie gesagt, nicht leutescheu war, kannte ich jedes Wohnzimmer im Dorf. So kannte denn wohl auch jeder die Kaufmanns Christa vom Laden.

Gefreut hat es mich, wenn mir jemand -,5 Pfennig mehr gab als auf der Rechnung stand. Sie sagten dann: „Das ist fürs Bringen." Dankend nahm ich das Geschenkte an – für die Sparbüchse. Denn es gab ja kein Taschengeld.

Ein Kind wird geboren

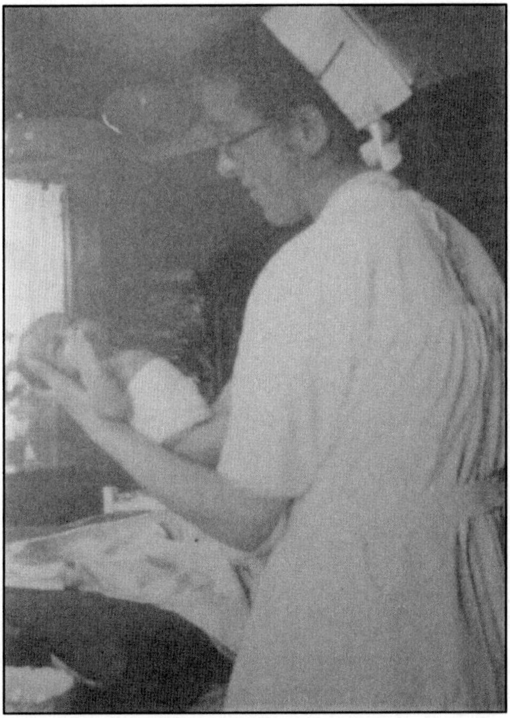

In meiner Kinderzeit wurde meist zu Hause entbunden. Die liebe Hebamme, Schwester Marie, war dann mit ihrem Fahrrad unterwegs. Sollte ein Arzt nötig sein, bei einer schwierigen Geburt, kam der gute Dr. med. Dietrich. Auch mir hat Schwester Marie auf die Welt geholfen.

Im Dorf hat es sich schnell herum gesprochen, wenn ein Kind zur Welt kam. Wer selbst ein Höschen oder Jäckchen strickte, als Geschenk, kaufte bei uns im Laden rosa, blaue, weiße oder grünweiße Babywolle der Firma Schachenmaier aus Süßen. Wir verkauften auch Strampelhosen, Kinderlätzchen, Jäckchen, Ausfahrgarnituren. Die Möglichkeit, ein Geschenk zu finden, war gegeben. Es war Brauch, die Wöchnerin im „Kindbett" zu besuchen und ihr etwas mitzubringen. Einige entschieden sich für 1 Flasche Rotwein und Traubenzucker, damit die Wöchnerin rasch wieder auf die Beine kam.

Geburt mit Hindernissen

An einem Sonntagmorgen 1946 wurde meine Großmutter Apollonia von Herrn Thiele gebeten, doch rasch als „Hilfshebamme" zu seiner Frau zu kommen. Ein Kind soll bald geboren werden. Als die werdende Mutter Großmutter mit einer Schere sah, wurde es ihr Angst und bang. Eine richtige Hebamme, Schwester Marie soll schnell kommen. Aber wo ist sie am Sonntagmorgen um 10 Uhr? Im Gottesdienst natürlich, in der Kirche in Steinheim. Rasch radelte der werdende Vater nach Steinheim und „Schwester Marie" wurde aus dem Gottesdienst geholt. Beide radelten dann im Eiltempo nach Sontheim. Die Hebamme kam noch rechtzeitig zur Geburt der kleinen Renate. Die Freude und Erleichterung war bei den Eltern und der Hebamme sehr groß.

Mit meinem Geburtsort Sontheim bin ich sehr verbunden. Als Kaufmanns Christa war ich bekannt. Ich selbst kannte alle Einwohner vom Dorf, wie es zu meiner Kinderzeit war. Dies kam durch unseren Laden. Großmutter Apollonia Kaufmann begann mit Spezerei und Ellenware, (Stoff) 1908. Meine Mutter Elsa Kaufmann führte den Laden bis 1968. Bei uns gab es alles, was man sich nur denken konnte. Nicht nur Lebensmittel, auch Nägel, Bremsenöl, Kälberstricke, Haaröl, Lauskämme, Pflaster, Puder, Tinte, Hefte, Strapshalter, Ärmelschoner, Viehsalz, Fliegenfänger, Seife, Waschmittel, Haarnadeln, Sorgobesen, Hustensaft, Fleckenwasser, Franzbranntwein, Briefmarken und Vieles mehr.

Es gab fast alles in unserem Laden

Senf verkaufen – eine „schmackhafte Sache"

Zum Vespern war der Senf etwas Wichtiges. Er durfte nicht fehlen. Es kam auch vor, dass das „Senfhäfele" noch nicht ganz leer war, wenn es der Kunde brachte. Zuerst wurde es gewogen wie die Ölflaschen auch. – Das 5 l Senfeimerchen war mit einem Holzdeckel zugedeckt und stand neben Essig und Öl unter dem Ladentisch. Zum Einfüllen in die kleinen Gefäße gab es keinen Trichter. Mit einem schmalen Holzlöffel sollte ich genau in die Öffnung treffen. Da ging manches daneben, das heißt, auf meinen Daumen und Zeigefinger. Zum Glück schmeckte mir Senf und rasch war der Senf auf den Fingern „abgeschleckt" (unterm Ladentisch). Gut befüllt wurde das „Senfhäfele" gewogen. Guten Appetit beim Vesper!

Pergamentpapierdärme

Ja, was ist das denn?
Man muß sich einen meterlangen Papierschlauch vorstellen, der gepresst wird. Er ist 8 cm oder 13 cm breit, doppelt gelegt. Er wird geöffnet und befüllt. Im Laden kauften die Bauern 1 oder 2 m davon. Wofür? Am Schlachttag wurden auch Gewürze wie Pfeffer, Paprika, Piment, Muskat, Salz verkauft und Schnur, um die Würste abzubinden.
Pergamentpapierdärme – anders genützt!
Meine 17jährige Kusine aus Weilheim war in der Lehreroberschule in Markgröningen. 1947 gab es nicht genug zu essen für junge Menschen. Mutter füllte „Marmelade" in so einen „Papierdarm". Eva bekam ein Päckchen. Dazugepackt waren auch „Brotmärkle".

In den Kriegsjahren, auch noch später, waren Lebensmittel „rationiert“, d.h. zugeteilt.
Dafür gab es Lebensmittel- oder Kleiderkarten, womit eben nur bestimmte Mengen erhältlich waren. Da wir selbst gebacken haben, hatten wir die Möglichkeit, Eva Brotmärkle zu schicken. Eva bat um Leder für ein Paar Sandalen. Vom Geschäft meines Vaters war noch Leder da und Eva konnte die nötige Hilfe zukommen. Eine Schuster nähte ihr die Sandalen. Über alles freute sich Eva und hat uns ein schönes Quartett mit Blumen und Käfern gemalt. – Sie war nur traurig, weil ihr Vater, der Bruder meiner Mutter, 1947 immer noch in Frankreich in Gefangenschaft war. (1948 wurde er endlich entlassen.) 1945 kam Mutters Bruder Max aus dem Krieg zurück. 1918 ist Bruder Karl in Frankreich mit 18 Jahren gefallen. Von ihrem Bruder Karl hat Mutter öfters erzählt. Er hätte ihr einmal eine Mütze geschenkt. Er war 8 Jahre älter als sie.

Allerlei Besonderheiten – Rauchwaren

Die Kunden im Laden waren meist Frauen und Kinder. Männer kamen selten, es sei denn, sie kauften sich etwas zum Rauchen. – In schönen Holzkistchen waren die Zigarren. Sie wurden einzeln verkauft, 25 – 40 Pfennig das Stück. Schäfer Stumpen waren billiger, 10 – 15 Pfennig / Stück. Wochentags kam am Nachmittag aus Steinheim der Wegewart. Er trug eine Schaufel auf der Schulter, womit er die Gräben an der Straße hielt. Er kam in den Laden und genehmigte sich seinen täglichen „Stumpen“. Es gab immer ein kleines Schwätzchen mit ihm. Ein anderer Mann kaufte sich seinen Schnupftabak, dieser hieß Schmalzler Franzel! Zigarettenpapier und Tabak gab es auch, ebenso Streichhölzer. Die Zigaretten hießen Rothändle, Lord extra, Astor. 20 Stück kosteten 1,- DM. Es wurden nicht viele gekauft.

Ein „Likörchen" in der Weihnachtszeit war beliebt

Der Reisevertreter des Großhandels kam im November in unser Wohnzimmer. Wie jedes Jahr um diese Jahreszeit packte er allerlei Likörflaschen aus. Die Bestellung der Liköre für die Weihnachtszeit sollte erfolgen.
Meine Mutter sollte die neuen Sorten testen. Sie trank kleine Schlückchen aus Likörgläschen. Einige Sorten kannte sie noch vom Vorjahr, sodass sie nicht alle Sorten probieren musste. Die meistgekauften Liköre waren: Apricot Brandy, Kakao mit Nuss, Pfefferminzlikör, Kirsch mit Rum, Kroatzbeere, Schwarzer Kater, Kräuterlikör usw.
Die Kunden hatten somit eine gute Auswahl. Der Preis für 0,5 l war 3,00-4,00 DM. Gern wurde eine Flasche gekauft. Jetzt konnte mit Verwandten und Nachbarn zu den guten „Weihnachtsbredle" auch ein wohlschmeckendes „Likörle" getrunken werden.

Essig, Öl und Senf – wichtige Zutaten zum Kartoffelsalat und zum Vesper

Essig verkaufen war für mich als Mädchen recht anstrengend. Die Kunden brachten ihre Essigflaschen mit, die unterschiedlich groß waren. Ich musste also wissen oder abschätzen, wieviel Essig in die Flasche passte. Unter dem Ladentisch stand der Essigbehälter. Der Glaskolben fasste 10 Liter und war durch ein Weidengeflecht geschützt. Ein Messglas, ½ und ¼ l stand daneben. Ich musste den Kolben kippen und etwas hochheben, dann genau in das Messglas treffen. Jetzt einen Trichter in die Flasche und den Essig eingießen. Wenn ich nicht aufpasste, ist der Essig „übergelaufen" und auf dem Holzboden war es nass. Schnell aufwischen, ehe

Mutter kommt! War der Kolben leer, wurde er am Essigfass im Keller wieder gefüllt.

Ölflaschen füllen – nicht einfach

Neben dem Essigbehälter stand die Ölkanne, also unter dem Ladentisch.

Die Kunden brachten die benutzten Ölflaschen mit. Oft waren sie außen noch fettig. Ich musste sie in die Bizerba Waagschale stellen und mit einem Zeiger das Gewicht markieren, das heißt, die Flasche ist so schwer. Mit Hilfe eines Trichters wurde das Öl eingefüllt. Da passte ich sehr auf, dass nichts daneben ging. Nun wurde die Flasche wieder gewogen. Die Differenz war die Ölmenge. Da ich gut rechnen konnte, war es kein Problem für mich. 100 g Speiseöl kosteten 0,20 DM

Ab und zu kam es vor, dass am Sonntag nach dem Gottesdienst in Steinheim (10 – 11 Uhr) noch ein Kind mit einer leeren Ölflasche ins Haus kam. Einen Gruß von der Mama und das Öl hat „nemme glanget" (nicht mehr gereicht) für den sonntäglichen Kartoffelsalat. Selbstverständlich wurde aus dieser Not herausgeholfen. Die Flasche gut mit Papier umwickelt und in das Täschchen gestellt.

Von der Firma Hartmann aus Heidenheim hatten wir allerlei Produkte. Auch Pflaster und sterile Mullbinden.

Damenbinden wickelte mein Bruder in Zeitungspapier ein. Der nächste Kunde sollte nicht sehen, was gekauft wurde.

Die Taschenkämme waren – modern – eine Neuigkeit.

Für unsere Kunden gab es zu Weihnachten einmal ein Staubtuch als Geschenk. Ich habe es schön verpackt.

Firma Otto Wilhelm brachte uns mit einem LKW die Waren ins Haus.

Jedes Jahr nach Weihnachten hieß es „Inventur“ machen. Der gesamte Warenbestand musste gezählt werden. Ab und zu habe ich geschummelt, z.B. beim Puddingzählen. Waren es 17 P., rundete ich auf 20 auf, bei 13 Pack auf 10 ab. Es war leichter zu rechnen.

Die große Erdnusstüte stand hinter dem Ladentisch. Davon habe ich öfters genascht.

Trumph-Pralinen – 500 g – waren in einer Schachtel. Sie wurden lose verkauft. Sie waren sehr gut, wir sagten „Luxuspralinen“.

Ab und zu gab uns Mama sonntags 1 – 2 davon.

Erbswurstsuppe war sehr beliebt.

Viele Waren wurden lose verkauft. Nüsse, Mandeln, Rosinen. Später gab es abgepackte Beutel, 100 g oder 200 g.

Die Auswahl an Nähzutaten war sehr groß.

Rückschau

Im Frühling 2014 stieg ich auf meinen Heimatberg, den Burschel.

Rundblick, Steinheimer Becken, Sontheim

Ein herrlicher Rundblick über das Steinheimer Becken erfreute mich. Ich sah vor mir das sehr vergrößerte Sontheim im Stubental. Meine Augen gingen zu den Häusern, die es zu meiner Kinderzeit gab. Wie viele leben noch aus dieser Zeit? Wer erinnert sich noch an unseren Laden, den es bis 1968 gab, an mich „Kaufmanns Grischda"? 136 neue Häuser wurden seitdem gebaut und das Dorf hat jetzt 550 Einwohner. Einiges gibt es schon längere Zeit nicht mehr: die Gemeinschaftsgefrieranlage, die Waschküche, die Molkerei, die Schmiede, den Schuhmacher, die Fahrradwerkstatt, die Schneiderinnen, ein Lebensmittelgeschäft, das wöchentliche Backen im Backhaus. Auch die Volksschule, 1952 erbaut, wurde nach 25 Jahren geschlossen. In der Landwirtschaft gab es die größten Veränderungen. Es gibt nur noch zwei Milchwirtschaftsbetriebe. Sontheim hat sich von einem landwirtschaftlich geprägten Dorf zu einem beliebten „Wohndorf" entwickelt. Bewährtes ist auch geblieben, z. B. der Gesangverein mit 42 Sängerinnen und Sängern, auch aus Steinheim. in jährlichen Konzerten hören wir ihr Können. Sie organisieren das beliebte Dorffest im Sommer mit vielen Steinheimer Gästen. Das Gasthaus Rößle in der Dorfmitte mit großem Saal blieb erhalten. 2011 feierten mein Mann und ich dort unsere Goldene Hochzeit traditionsgemäß mit Kartoffelsalat, Bratwurst und Brot. Vorher waren wir im Gottesdienst in der Peterskirche in Steinheim.
Das schon lange bestehende „Sontheimer Wirtshäusle" an der Bundesstraße 466 erhielt einen Hotelanbau. Dort gibt es abwechslungsreiche Speisen.
Die Feuerwehr ist stolz auf ihr neues Feuerwehrauto.
Neu ist: ein Kindergarten mit ca. 20 Kindern, Schulbesuch Klasse 1 – 4 in Steinheim. Ein Bürgerbus fährt 2 Mal wöchentlich für 2 Euro aus Söhnstetten über Sontheim nach Steinheim.
Die Lebensmittelversorgung mit frischen Produkten aus eigenem Anbau bieten ein Hofladen im Dorf und zwei etwas außerhalb liegende Biohöfe.

Die Dorfgemeinschaft Sontheim, „Altes Backhaus e.V.“, veranstaltet interessante Begegnungsmöglichkeiten für Alteingesessene und Zugezogene, z.B. monatlicher Stammtisch, Pflege alter Traditionen, Förderung von Handwerk, Kultur und Kunst. Im alten Back-

haus ist der Ofen noch funktionsfähig, sodass der Verein zu besonderen Anlässen Brot, Zwiebelkuchen und andere Köstlichkeiten bäckt. Etwas ganz besonderes gibt es in Sontheim – eine Weltberühmtheit –.

Tausende besuchen jährlich das Steinheimer Becken. In der ehemaligen Volksschule wurde am 7.10.1978 das „METEOR KRATER MUSEUM“ eingeweiht, mit geologischem und paläantologischem Teil. Auf den Burschel führt ein geologischer Lehrpfad. Ein Besuch in Sontheim/Stubental lohnt sich! Sontheim ist ein Teilort von Steinheim.

(Information unter Museum in Steinheim am Albuch)

Mein Elternhaus hat sich durch Umbau und Anbau sehr verändert. Geblieben ist der große Lindenbaum vor dem Haus. Es war ein wunderbarer Treffpunkt – das Bänkle unter dem schattenspendenden zur Zeit der Lindenblüte wohlduftenden Baum. Die Linde ist ca. 110 Jahre alt und könnte viel erzählen.

Vor meinem Vaterhaus

Vor meinem Vaterhaus steht eine Linde
Vor meinem Vaterhaus steht eine Bank.

Obwohl ich schon vor 55 Jahren aus Sontheim weggezogen bin, ist und bleibt dieses Sontheim im Stubental, mein Geburtsort,

doch meine Heimat. Es gibt unendlich viele und schöne Erinnerungen an Erlebnisse, an Menschen, an Begegnungen.
Allen Sontheimer Bewohnern wünsche ich von Herzen, dass sie zufrieden miteinander leben dürfen.

Christa Rücker, geborene Kaufmann
Oktober 2015

Dieser Baum mit seinen ausladenden Wurzeln steht neben dem ehemaligen Steinbruch am Burschel. Als ich dieses Bild in mich aufnahm, wurde mir klar:

Meine Wurzeln sind
in Sontheim im Stubental.

Dankeschön!

Ohne Mithilfe lieber Menschen wäre dieses Buch nicht entstanden. Mein herzlichster Dank für das Abtippen meiner Texte gilt Lorelies. Ebenso dem Mann meiner Freundin für die Arbeit am PC, den ordnenden Händen von Florence und der Geduld meines Mannes, mein Papierchaos auszuhalten.

Quellenangaben

Gedicht Immer ordentlich und rein…
-> Perthes 1895 Monatszeitschrift „Für unsere Kleinen" 4 -1 0J. Hrsg. G. Dieffenbach

Herbstgedicht
-> von Friedrich Hebbel, 1830-1863; (aus dem Schulheft entnommen)

Kartoffelkäfer
-> Bertelsmann Lexikon 1959, Seite 861

Aus der Geschichte von Sontheim/Stubental
-> von Rudolf Weit

Aphtenseuche
-> Bertelsmann Lexikon, Bd. 3, 1959, Seite 117 (Maul- u. Klauenseuche)

Weil ich Jesu Schäflein bin
-> von Luise von Hayn, 1724-1782

Bundeslied „Brüder reicht…"
-> Unser Liederbuch, Bd. 2, Ausgabe B

Lied „Alle Jahre wieder"
-> Unser Liederbuch, Klett Verlag, Seite 37, W. Hey

Lied „Im Märzen der Bauer"
-> Unser Liederbuch, Klett Verlag, Nordmähren, Seite 22, 1.7.1947

Lied „Am Brunnen vor dem Tore"
-> Unser Liederbuch, Klett Verlag, Seite 874

Lied „Kein Hälmlein wächst auf Erden"
-> Unser Liederbuch, Poeschel Verlag

Federzeichnung Peterskirche in Steinheim a.A.
-> 1920, R. Hamm, Zeichner(in) konnte nicht aufgefunden werden

200 Jahre ev. Kirche, 1979

Lied „Das walte Gott"
-> EG 675, von Johann Betichius, 1697, Gesangbuchverlag Stgt.

Lied „Geh aus mein Herz“
-> EG 676, von Paul Gerhardt, 1653, Gesangbuchverlag Stgt.

Lied „Die güldene Sonne bringt“
-> EG 449, von Philipp von Zesen, Gesangbuchverlag Stgt.

Lied „Jesus Christus herrscht...“
-> EG 123, von Philipp Friedrich Hiller, 1957, Gesangbuchverlag Stgt.

Lied „Früh am Morgen“
-> EG 664, von Gerhard Stip, 1851, Gesangbuchverlag Stgt.

Lied „Der Heiland ist geboren“
-> EG 49 (Oberösterreich), kein Verfasser bekannt, Gesangbuchverlag Stgt.

Scherenschnitte und Kinderzeichnungen- alle Christa Kaufmann

Fotos:
6 Fotos von Hermann Ensinger
4 Fotos von Helmut Eisenschmied (Familienarchiv)
1 Foto Backofen von unbekannt

Alle anderen Fotos aus dem Familienbesitz Kaufmann / Rücker.

Meteorkrater Museum – Infoblatt

Gemeinde Steinheim

M. Aurich, Ansichtskarten Heidenheim a.d. Brenz
H. Künzel, Ansichtskarten Heidenheim a.d. Brenz

Ansichtskarten Sontheim